KB188753

살인자의 아들입니다

일러두기

1. 작품에 등장하는 인물과 장소, 배경 설정은 작가의 창작에 의한 부분으로, 실제 사건을 다루지 않았습니다.
2. 작품에 등장하는 수용자 자녀 지원단체 채움뜰은 '아동복지실천회 세움'을 바탕으로 극화하였으며 사전 조사를 통해 현실적 리얼리티를 강화할 수 있는 선에서 참고하였습니다.

살인자의
아들입니다

탁경은 장편소설

증오의 눈빛, 날 선 목소리, 흥건한 침과 함께
저주를 퍼붓는 단어들에 몸과 마음이 으스러지기 일쑤였다.
나도 아빠 때문에 삶을 송두리째 빼앗긴
또 다른 피해자라는 말이 차마 입 밖으로 나오지 않았다.
나도 아프고 힘들다는 말은 꺼낼 수조차 없었다.

"왜 다들 나더러 자격이 없대?
 자격 없는 건 죄지은 그 새끼지 내가 아니야."

"그 인간이 죽기를 가장 바라는 사람은 나라고!"

차례

*

봄

◆ 우재 ◆

뭐가 꼈어도 단단히 꼈군.

우재는 속으로 조용히 뇌까렸다. 이번 주 들어 벌써 세 번째였다. 한 번만 더 우연이 겹치면 운명으로 받아들이고 확 고백해 버릴 생각이었다.

월요일. 동아리방에서 면접을 진행했다. 2학년이 되면서 동아리 핵심 멤버가 된 우재는 면접관 자리에 앉았다. 신입생들이 동아리방까지 몰고 들어온 파릇파릇하고 신선한 기운은 단연코 봄을 닮아 있었다. 그중 모두의 시선을 사로잡은 신입생이 한 명 있었는데, 바로 세빈이었다.

"Elisabeth Kubler-Ross said there are no coincidences. All events are blessings given to us to learn from. Big question is⋯⋯."

세빈의 영어 발음이 얼마나 유창한지 우재를 비롯해 면접관 자리에 앉아 있는 선배들 모두 긴장을 탔다. 세빈은 당연히 영어 토론 동아리 '퀘스트'에 합격했다.

수요일. 두 번째로 세빈을 만난 장소는 피시방이었다. 지훈과 게임을 하다가 시간이 다 됐다. 시간을 연장하려고 우재가 결제 기기 앞으로 다가갔을 때, 기기 앞에서 멀뚱멀뚱 서 있는 아이를 발견했다. 낯이 익은데? 그렇게 생각하는데 어리바리 서 있던 아이가 허리를 굽혀 우재에게 인사를 던졌다.

"앗, 선배님."

목소리를 듣고 나서야 우재는 인사한 사람이 세빈이라는 것을 알아차렸다. 그만큼 세빈의 목소리에는 사람의 마음을 잡아끄는 매력이 있었다.

"님은 무슨. 편하게 불러. 근데 뭐 하는 중?"

"아, 이용 방법을 몰라서요. 여기 처음이거든요."

피시방이 처음이라고? 중학생 때 엔간히 모범생이었나 보네. 그렇게 생각하며 우재는 능숙하게 키오스크 사용 방법을 가르쳐 줬다.

"이거 누르고, 다음은 이거. 간단하지?"

"그렇네요. 감사합니다."

세빈이 다시 한번 허리를 깊이 숙여 인사한 뒤 자기 자리를 찾아서 갔다. 그날 우재는 지훈에게 약속했던 컵라면을 쏘기 전에 세빈 자리로 조용히 다가갔다.

"배고프니?"

세빈이 순박하게 웃으며 대답했다.

"왜요?"

왜긴 왜야. 컵라면 사 주려고 그런다. 그렇게 쏘아붙이고 싶은 욕구를 참았다. 우재는 가끔 자기도 모르게 불끈 성질이 나 성깔을 부리곤 한다.

"여기서 컵라면 먹으면 맛있거든."

"와, 정말요? 저 사 주시게요?"

진짜 외국에서 살다 왔나? 피시방도 처음이라고 하질 않나 피시방에서 파는 컵라면도 처음 보는 얼굴을 하질 않나. 희한한 녀석이군. 그런 데다가 눈치가 좀 없는 것 같아. 그렇게 결론을 내리면서 우재는 컵라면을 하나 더 결제했다.

세 번째 만남이 가장 어이가 없었다. 장소는 아파트 쓰레기 분리수거장. 주말을 앞둔 금요일이었고 우재는 엄마 심부름으로 플라스틱과 비닐 쓰레기를 버리러 나오는 길이었다. 내추럴하다 못해 민망할 정도로 목 부분이 늘어난 티셔츠 차림에 삼색 슬리퍼를 직직 끌고 나갔다. 아직 밤공기가 차가웠지만 잠깐

쓰레기를 버리러 나가는데 양말을 신기는 겁나 귀찮았다. 우재
가 분리수거장에 들어서자 센서 등이 켜졌다. 커다란 바구니에
플라스틱 쓰레기를 버리고 딱 뒤돌아서는 순간, 이어폰을 낀
채 종이 쓰레기를 들고 있는 세빈과 마주쳤다.

"어? 너는…….."

소름이 돋았다. 우재는 생각보다 싸늘한 봄밤 때문이라고
생각했다.

"앗, 선배. 여기 사세요?"

세빈은 이어폰을 빼며 우재에게 물었다.

"난 여기서 산 지 오래됐지."

"전 2월에 이사 왔어요."

작년까지 해외에서 살다가 이사를 온 게 아닐까. 그렇다면
세빈이 보여 준 유창한 영어 실력이 어느 정도 납득될 것 같다
고 우재는 생각했다. 다음에 보자, 라는 말을 남기고 집으로 돌
아가려는데 세빈이 우재를 붙잡았다.

"따뜻한 거 드실래요?"

우재는 맨발 사이로 침투하는 차가운 바람을 오롯이 느꼈
다. 따뜻한 게 당기긴 했다.

"지난번에 사 주신 컵라면 진짜 맛있었어요."

컵라면에 대한 보답을 하게 해 달라는 뜻으로 들렸다. 엄마

가 기다릴 테지만 잠깐은 괜찮겠지. 그렇게 생각하며 우재는 세빈과 함께 발길을 돌렸다. 세빈은 편의점에서 핫초코를 사 왔다. 마침 텅 비어 있는 아파트 벤치에 앉자마자 우재는 불쑥 질문을 던졌다.

"너 외국에서 살다 왔지?"

세빈의 눈동자가 커졌다.

"어떻게 아셨어요?"

한 모금 마신 핫초코를 벤치 위에 올리면서 세빈은 자분자분 이야기를 늘어놓았다. 엄마의 해외 출장이 길어져 작년까지 미국에서 살았던 이야기, 아시아인을 향한 혐오가 심해지고 입시 준비 때문에 한국으로 들어오게 된 이야기 끝에 걱정이 이어졌다. 영어 발음이 유창해진 만큼 한국어가 어눌해진 것 같아 걱정이란다. 무엇보다도 학교에 잘 적응할 수 있을지 모르겠단다.

"미국에서 진짜 자유롭게 살았거든요."

자유, 라고 했다. 정말 오랜만에 듣는 단어에 누가 끌어당기는 것처럼 우재의 상체가 세빈 쪽으로 조금 기울었다. 평생 자유와 거리가 먼 삶을 산 우재였다. 이렇게 이 아이하고 좀 가까워지면 녀석이 말한 '자유'의 기운이 내게도 전염되지 않을까.

"어렵게 생각할 거 뭐 있어. 시간이 해결해 주겠지."

말을 던져 놓고는 아차 싶었다. 친구들은 가끔 앓는 소리를 했다. 가끔이 아니라 자주인가? 너 진짜 냉정하고 시니컬해. 가장 친한 지훈은 그런 우재를 대놓고 놀렸다. 이 새끼는 아무렇지 않게 이런 말을 한다니까. 얘, 소시오패스 아냐? 이러면서. 정신을 차리고 우재는 다시 적당한 말을 골랐다.

"인간은 엄청난 적응의 동물이니까. 힘든 일 생기면 동아리 선배들 호출해."

"정말요?"

'정'이 'ㅈ'이 아니라 'Z'으로 되어 있다고 착각할 만큼 세빈의 발음은 특이했다. 지난번에 컵라면을 사 주겠다고 했을 때도 세빈은 순진한 얼굴로 "정말요?"라고 되물었었지. 그 모습이 얼마나 귀엽고 상큼했는지. 순간 없는 용돈을 탈탈 털어 매장에 있는 컵라면을 다 사 주고 싶은 마음이 들었다는 건 아무한테도 들키고 싶지 않은 우재의 비밀이었다.

오후 네 시의 버스는 한산했다. 우재는 차창에 머리를 기댄 채 휴대폰 화면과 창밖을 번갈아 힐끔거렸다. 정류장에 멈춰 섰던 버스가 문을 닫고 출발하려 할 때 한 남자가 눈에 들어왔다. 아주 잠깐 옆모습을 봤을 뿐이지만 우재는 남자의 판판한 두상과 날카로운 콧날을 놓치지 않았다.

이미 출발한 버스에서 우재는 우렁찬 목소리로 기사님을 불렸다. 마침 횡단보도 신호에 걸려 멈췄지만 기사님은 문을 열어 주지 않았다. 하는 수 없이 다음 정류장에 내릴 수밖에 없었다.

우재는 버스에서 내리자마자 필사적으로 달렸다. 머릿속에는 아까 목격한 남자를 놓치면 안 된다는 생각뿐이었다. 지금 아르바이트하러 가는 중이었다는 사실은 까맣게 잊어버렸다.

조금 전 지나쳤던 정류장을 넘어서 꽤 달렸을 즈음, 남자의 뒷모습이 동그란 점처럼 떠올랐다. 우재의 심장은 미친 듯이 뛰었다. 있는 힘껏 달린 탓도 있고 남자의 뒷모습이 자신이 찾던 '그 사람'이라는 확신 때문이기도 했다. 숨이 가빠 왔다. 거친 파도 위를 서핑하는 사람처럼 정신이 혼미했다. 정신 차리라는 의미로 자기 뺨을 한 대 때리고 싶었지만 달리느라 그럴 수 없었다.

거친 숨을 토해 내며 그 남자와 간격을 좁혔다. 남자의 어깨 위에 손을 올리자 남자는 펄쩍 뛰었다.

"아우 씨, 뭐야?"

남자의 질펀한 욕설이 이어졌다. 그 욕설을 잠자코 들으며 우재는 연신 머리를 조아려야 했다. 다시 정류장으로 걸어가는데 기억 뒤편에 꽁꽁 숨겨 둔 감각들이 바닥에 떨어지는 빗방울처럼 튀어 올랐다. 그 사람의 손등이며 그 사람이 태우던 담배 냄새며 그 사람이 어린 자신을 목말 태워 주던 순간이며 그 사람이 끓여 준 라면 맛이 한꺼번에 밀려들었다.

해마다 12월이면 아빠는 어린 우재를 데리고 목욕탕에 갔다. 일 년을 마무리하는 의미로 묵은 때를 밀었다. 아빠는 뜨거운 물에 온몸을 지지면 묵은 앙금이나 상처가 싹 사라진다고 믿었다. 탕을 나오는 아빠 몸에서 김이 뿜어져 나왔다. 어린 우재의 눈에 뜨거운 김을 생생히 내뿜는 그 몸은 강철처럼 단단해 보였다.

탈의실에서 아빠는 우재의 말간 얼굴에 수건을 휙 던졌다. 물기를 얼추 닦을 때쯤 아빠가 바나나우유를 내밀면 우재는 빨대를 탁 꽂아 숨도 쉬지 않고 우유를 들이켰다. 달큼한 합성 착향료가 혀를 훑고 간질간질 지나가는 느낌을 만끽했다. 그런 우재를 힐끔거리며 아빠는 함박웃음을 지었다.

다음은 아빠 차례였다. 지하에서 지상으로 올라오면 아빠는 뜨거운 자판기 커피를 후후거리며 마셨고 그러는 아빠를 보며 우재가 히죽히죽 웃곤 했다. 그런데 그날따라 자판기 커피가 동전만 먹고 잠잠했다. 난감해하던 아빠가 우재에게 말했다.

"잠깐만 기다려."

그러고는 아빠는 빠르게 멀어졌다.

싸락눈이 흩뿌리기 시작했다. 추웠다. 점처럼 작아지는 아빠 뒷모습이 우재의 가슴을 간질였지만 우재는 믿었다. 아빠는 금방 돌아올 거라고 확신했다. 아빠는 약속을 어긴 적이 단 한 번도 없었던 사람이니까.

•희철•

임상 시험 아르바이트를 하려면 사전 신체검사에 합격해야만 했다. 다행히 희철은 이번에도 신체검사를 통과했다. 이 일은 고수익 단기 아르바이트라 늘 경쟁이 치열했는데 최소 6개월 간격을 두고 참여할 수 있었다.

6개월 전에는 생동성 시험 알바를 했었다. 복제 의약품 출시를 앞두고 기존에 출시된 약품과 효능을 비교하는 일이라 별로 두렵지 않았다. 며칠 입원해 약을 먹고 검사를 받으면 끝이었다. 어떤 사람은 주사를 맞거나 채혈을 자주 당하니까 실험용 쥐가 된 것 같다고 투덜거렸지만 솔직히 개소리다. 이틀 입원해 60만 원 넘게 받았다. 고지혈증 치료제는 100만 원도 넘게 준다. 살얼음판 그 자체인 취업난 속에 이런 꿀알바는 없다고 본다.

20

일 년 전에 참여했던 임상 시험은 하루에 20번 채혈을 했다. 팔 곳곳에 생긴 주삿바늘과 멍 자국을 같이 사는 준기한테 들켰다.

"너 설마, 약 하냐?"

희철은 의심의 눈초리를 곤두세우는 친구를 비웃어 준 다음 임상 시험 아르바이트 이야기를 해 줬다. 준기는 아무리 힘들어도 사람이 몸 함부로 파는 거 아니라고, 지금은 괜찮아도 나중에 부작용 날 수 있다고 협박 비슷한 잔소리를 늘어놓았다. 돈 때문에 주민증을 돌려 가면서 임상 시험에 참여하는 사람도 있는데 난 그런 적 없으니 걱정 말라고 말하며 희철은 준기의 걱정을 겨우 잠재웠다.

이번 임상 시험은 좀 달랐다. 보통은 병원이나 제약사에서 하는데 이번 건은 대학 연구실이었다. 약을 먹는 게 아니라 주사로 무슨 호르몬을 투여받는 일이라 께름칙하게 여기는 사람이 많았다. 그 덕에 신청자가 많지 않았다. 희철은 쾌재를 부르며 신청했다.

실은 카이스트에서 하는 임상 시험이라 전혀 망설이지 않았다. 돈 때문이 아니었다. 여소준 교수 때문이었다. 희철은 그 교수에게 관심이 많았다. 그는 한국 최고의 뇌과학자이자 신경 내분비학자였다. 미국 프린스턴대학에서 박사 과정을 마치자마자 최연소 카이스트 교수가 된 사람. 그리하여 한국 정서 신경

과학계는 물론이고 아시아에서도 손꼽히는 학자. 매년 중요 논문 순위에서 1위를 놓쳐 본 적 없는 괴물 같은 신인. 사회 신경과학자들의 공동 연구 신청이 쇄도하는 인기 교수. 그 모든 정보는 단 하나의 단어로 귀결되었다. 최고 중의 최고. 이 말은 그 교수가 희철에게 지금 가장 필요한 단 한 사람이라는 뜻이었다. 희철은 무슨 수를 써서라도 여소준 교수를 만나고 싶었다.

눈을 감으면 자꾸만 같은 이미지가 어른거렸다. 죄다 잊고 싶은 장면들뿐이라 시도 때도 없이 텔레비전을 켜 놓거나 휴대폰으로 넷플릭스를 봤다. 밤에도 볼륨을 줄이지 않았더니 준기 녀석이 툴툴댔다. 그렇게 며칠 불퉁대다가 인터넷에서 귀마개를 구입해 꼈다. 준기는 늘 그랬다. 선뜻 양보하고 한없이 기다려 주었다. 물러 터지고 착해 빠진 놈이다.

시도 때도 없이 자극적인 장면을 넢 놓고 봐도 엄마의 마지막 모습은 사라지지 않았다. 아비규환인 응급실에서 엄마 혼자 고즈넉이 눈을 멀뚱멀뚱 뜨고 있었다. 어깨뼈가 탈골되었다고 했다. 의사는 뇌 사진을 찍어 보는 게 좋겠다고 했다. 그렇게 말하는 인턴들에게 손을 휘휘 내저으며 엄마는 괜찮다고만 했다.

"엄마, 누가 이랬어? 아빠가 이랬어?"

아무리 물어도 엄마는 입을 굳게 다물었다. 옆에서 몸이 뒤틀린 사람이 누운 이동식 침대가 지나가고 고래고래 고통에

찬 소리를 내지르는 사람이 난무하는데도 엄마 혼자만 고요했다. 오디오가 고장 난 텔레비전을 보는 것처럼 그 장면이 생경해 기억에 남을 수밖에 없었다. 분주히 바뀌는 장면 가운데 스틸 숏처럼 홀로 정지해 있는 엄마의 코에서 피가 흘렀다. 희철은 엄마에게 들러붙어 코피를 닦아 냈고 의도적으로 엄마에게 끊임없이 말을 걸었지만 엄마는 배터리가 나간 것처럼 기진맥진했다. 결국 엄마는 이튿날 의식을 잃었고, 며칠 후 숨을 쉬지 않았다.

희철은 아빠를 의심했다. 엄마는 자기 혼자 넘어졌다는 말만 반복했지만 거짓말이라고 생각했다. 아빠가 잠깐 병원에 들러 눈앞에 나타나자 엄마는 몸을 오들오들 떨다가 눈을 감아 버렸다. 아직 미성년자인 희철이 의사나 경찰에게 아빠를 꼰지르기는 쉽지 않았다. 그저 그들이 전문가로서 조용히 알아차려 주기를 바랄 뿐이었다. 하지만 그런 일은 일어나지 않았다. 엄마에게 사망 시간을 선포한 의사는 일말의 의심 없는 눈초리로 희철을 대충 훑어보고는 사라졌다.

아빠는 사람을 여러 명 죽였다.

"그 새끼는 사람이 아니야. 악마야."

사람들은 입을 모아 말했다. 그런 말을 들은 날이면 희철은 어김없이 잠을 설쳤다. 뒤척이는 희철의 머릿속을 사로잡은 문장은 단 하나였다.

그렇다면, 나도 악마인 걸까?

알고 싶었다. 아니, 반드시 알아야만 했다. 다른 건 다 몰라도 상관없지만 그것만은 알고 넘어가야 했다. 그래야 다음 단계로 건너가 삶다운 삶을 살아갈 수 있다고 생각했다. 혼자서 뇌 과학을 공부하기 시작했다. 생각보다 뇌과학 책은 많았다. 쉽게 접할 수 있는 대중적인 과학서부터 진화론, 정신 의학과 연결한 전문적인 서적까지 희철은 닥치는 대로 읽었다. 이해가 가지 않는 책도 많았지만 그래도 꾸역꾸역 읽어 나갔다. 증거가 필요했다. 악마성이 유전되지 않는다는 증거가. 자신이 악마가 아니라는 증거가.

어느 연구 팀에서 살인자의 뇌를 촬영했더니 일반인에 비해 전전두엽피질 활성화가 극히 낮았다. 몇몇 전문가는 살인을 저지른 사람의 뇌와 일반인의 뇌는 다르다고 말했다. 뇌 사진을 찍어 봐야 했다. 최고의 전문가에게 자기 뇌를 통째로 맡겨 보고 싶었다.

편의점에서 햇반과 참치통조림을 샀다. 준기가 시킨 심부름이었다. 그새를 못 참고 준기가 전화를 걸었다.

"왜?"

"아직 편의점?"

"아닌데?"

"스팸도 하나 사라."

그 말만 남기고 준기는 전화를 뚝 끊었다. 요게 자꾸 전화를 먼저 끊네. 희철은 치밀어 오르는 짜증을 조용히 삭이며 스팸을 집었다. 계산대에 물건을 늘어놓았다. 주머니에서 현금을 꺼내며 알바 중인 직원을 힐끗 쳐다봤다. 고놈 좀 생겼네. 오뚝한 콧날과 잘 어울리는 단단한 입매 때문인지 아주 야무져 보였다.

"비닐봉지 드릴까요?"

희철은 돈을 내밀면서 직원 옷에 달린 명찰을 봤다.

'김우재'

괜찮은 이름이네. 희철은 직원의 이름을 머릿속에 메모했다. 마음에 드는 이름을 수집하는 것이 희철의 취미였다. 언제 또 이름을 바꿔야 할지 모르니까. 재훈. 민수. 선휘. 기정. 형석. 우재⋯⋯. 다행히 바꾸고 싶은 좋은 이름들은 늘 차고 넘쳤다.

편의점을 막 나설 때 또 전화가 울렸다. 보나 마나 준기였다.

"아, 또 왜?"

"빨리 튀어 와라. 배고파 돌아가시겠다."

"간다고! 가고 있다고!"

이번에는 희철이 먼저 전화를 홱 끊었다. 빨리 가나 봐라.

오늘만큼은 준기가 속 터져 떼굴떼굴 구르는 꼴을 보고 싶었다. 희철은 검은 비닐봉지를 흔들며 어슬렁어슬렁 걸었다. 횡단보도 신호에 걸린 사이 휴대폰을 열어 포털 창에 뜬 뉴스를 무심히 들여다봤다.

— *T시 연쇄 살인범 이 씨. 교도소에서 또 난동 부려 교도관 중상.*

신호가 바뀌자마자 사람들이 서둘러 횡단보도를 건넜다. 보도블록을 밟고 서 있는 희철의 몸이 떨렸다. 몸이 말을 듣지 않아 한 발짝도 뗄 수 없었다.

아빠가 체포됐을 때 희철은 고등학생이었다. 아빠는 참 자랑스럽게도 포털 사이트 메인 뉴스 자리를 차지했다. 어디를 가도 아빠 얘기뿐이었다. 학원을 다닌 적이 없는데도 공부를 곧잘 해서 희철은 선생들이 아끼는 학생 중 하나였다. 일이 터진 뒤로 선생들은 희철을 바퀴벌레 보듯 바라보았고, 친하지도 않은 녀석들은 바로 뒤에서 구시렁거렸다.

며칠 견디다가 학교에 나가지 않았다. 그런 희철을 학교도 붙잡지 않았다. 아빠가 형을 확정받은 뒤에는 알량하게 그나마 남았던 친구들마저 연락을 끊었다. 한 놈은 미안하다고 했고 또 한 놈은 나중에 다시 연락하겠다고 했다. 마지막 놈은 한마디 말도 없이 연락을 끊었다.

희철은 말없이 연락을 끊은 녀석이야말로 진짜 친구라고 생각했다. 어차피 모두 연락하지 않을 게 빤한데, 적어도 그 녀석은 끝까지 좋은 사람으로 기억되려는 수작은 부리지 않았으니까. 그런데 나중에 다시 연락하겠다던 녀석이 진짜 연락을 해 왔다. 그게 준기였다.

준기가 없었다면 어땠을까. 생각하고 싶지 않다. 외삼촌 집에 잠깐 살다가 희철은 금세 그 집을 나왔다. 그들의 차가운 눈초리를 도저히 견딜 수가 없었다. 준기는 노숙 생활을 하고 있는 희철의 손을 잡아끌고 자기 집으로 데려갔다. 무기력증에 빠져 아무것도 하지 않는 희철을 묵묵히 기다려 주었다. 희철 대신 돈을 벌고 반찬을 사 오고 청소와 빨래를 했다. 가만히 누워만 있는 희철을 쿡쿡 찔러 밥을 먹였다. 밥을 먹자 걸레질을 시켰다. 시큰둥한 표정으로 걸레질을 하자 쓰레기를 버리게 했다. 쓰레기를 버리러 나온 김에 동네나 한 바퀴 돌자고 했고, 이왕 산책을 나왔으니 고기나 먹자고 했고, 고기를 든든히 먹었으니 좀 빨리 걷자고 했다.

희철의 몸이 빨리 걷는 데 익숙해질 즈음 준기는 중고 자전거를 사 왔다. 그렇게 희철은 준기를 따라 동네 구석구석과 공원과 공원에서 조금만 가면 나오는 천변을 자전거로 달렸다. 자전거로 쌩쌩 달릴 때마다 찬 바람이 얼굴에 달려들어 시원했다. 차가운 바람 덕분일까. 희철은 자기 내부에서 끔찍한 조각들이 하나씩 떨어져 나가는 것을 느꼈다. 입에서는 안도보다 깊고 짙은 한숨이 먼저 튀어나왔다.

아빠는 그곳에서 편지를 보내기 시작했다. 첫 편지가 도착했을 때 희철은 조금의 주저함 없이 곧장 편지를 쓰레기통에 버렸다. 두 번째 편지는 가운데 부분을 두 손으로 잡고 찢었다. 세 번째 편지는 갈기갈기 찢어 버렸다. 다행히 네 번째 편지는 도착하지 않았다. 어쩌면 편지를 찢는 모습을 본 준기가 중간에서 편지를 알아서 처리했는지도 몰랐다. 준기는 눈치가 빠른 녀석이니까.

희철은 온 힘을 짜내 도망쳤다. 이사를 했고 이름을 바꿨다. 돈이 있었다면 성형도 했을 것이다.

희철은 아빠가 몇 명을, 어떤 방식으로 죽였는지 빠삭하게 알았다. 그러니 아빠는 이렇게 편지를 쓰는 대신에 사형장에 목이 걸려야 한다. 아빠가 죽인 사람 중에는 미성년자도 있었다. 유가족들은 지금도 피눈물을 흘리고 있다. 그런데 아빠는 버젓이 살아 아들한테 편지를 보내고 있다. 자신을 말 한 마디 없는 공간에서 말라 죽게 한 인간이 말을 하고 글을 쓰는 호사를 누리고 있다. 희철은 생각했다.

이거 불공평하잖아.

여름

◆ 우재 ◆

중간고사가 끝나자마자 모의고사였다. 모의고사와 기말고사 사이에 다행히 틈이 있었고 그 틈을 활용하느라 아이들은 바빴다. 썸을 타는 애들도 있었고 일타 강사 강의를 알아보느라 분주한 애들도 있었다. 지나가는 봄을 아쉬워하며 놀이공원이나 테마파크로 놀러 가는 애들도 있었다.

우재는 영어 에세이 대회 준비로 바빴다. 지금까지 내세울 만한 수상 이력도, 봉사 이력도 없어서 이번 대회에 목숨을 걸었다. 다행히 동아리 퀘스트 멤버들의 영어 실력이 출중한 덕분에 도움의 손길을 뻗을 곳이 많았다. 다들 품앗이로 우재를 도왔는데, 가장 적극적으로 우재를 도운 사람은 세빈이었다.

스터디 카페에서 만나 세빈은 우재에게 영어를, 우재는 세빈에게 수학을 가르쳐 줬다. 세빈은 언어 감각을 타고나 영어뿐만 아니라 국어 성적도 나쁘지 않았지만 수학은 한참 모자랐다. 미국의 수학 커리큘럼 자체가 한국보다 빡세지 않다는 건 우재도 알고 있었다. 게다가 미국에서는 수학 시험 시간에 계산기를 마음껏 써도 된단다. 그만큼 계산보다는 풀이 과정에 집중하라는 뜻일 텐데, 계산 능력이 있어야 문제를 제시간 안에 풀 수 있는 한국에서는 어림도 없는 호사였다. 새로운 규칙에 적응하느라 세빈은 애를 먹었다.

영어 작문을 하다가 우재는 시간을 확인했다. 아르바이트하러 갈 시간이었다. 서둘러 짐을 정리하는 우재를 바라보는 세빈에게 상황을 설명하자 세빈도 문제집을 접어 가방에 넣었다.

"같이 가요."

"방향 다를 텐데?"

"괜찮아요."

그렇게 말하고는 세빈이 코를 찡긋거리자 콧잔등에 잔주름이 잡혔다. 귀, 귀엽다. 자꾸 떠오를 것 같은 모습이라 우재는 머리채를 몇 번 털었다.

"벌레 있어요?"

한달음에 달려온 세빈이 우재의 머리 쪽에서 손을 가볍게 휘저었다. 그 바람에 세빈의 손끝이 우재의 머리카락에 닿았다 떨어졌다.

"가자. 늦겠다."

우재는 얼굴이 홧홧하게 달아오른 걸 느꼈다. 벌써부터 왜 이렇게 더운 거야? 뺨이 붉어지진 않았겠지? 혹시나 얼굴색이 변한 것을 세빈에게 들키는 불상사를 막기 위해 우재는 다급한 몸짓으로 카페를 나왔다.

버스에 올라탔다. 앉을 자리가 없어 우재와 세빈은 손잡이를 꽉 쥐고 나란히 섰다. 정류장마다 사람들이 계속 올라타 세빈은 우재 곁에 바짝 붙어 설 수밖에 없었다. 샴푸 향이 맡아졌다. 우재는 가슴이 간질거리고 머리가 어질어질했다. 그러고 있는데 버스가 급출발하는 바람에 몸이 크게 흔들렸고 세빈이 "어어?" 하다가 우재의 가슴팍에 안겼다. 세빈에게서 풍겨 오는 샴푸 향이 한결 더 짙어졌다. 쿵쿵대는 심장 소리가 세빈에게 들릴 것만 같아 우재는 후다닥 자세를 바로 하며 세빈의 몸을 팔로 지그시 밀어 냈다.

"죄송해요, 선배."

"죄송은, 뭘."

우재는 자기 얼굴이 벌겋게 달아오르지 않았기만을 바라고 또 바라며 헛기침을 했다. 알바를 하는 편의점과 70미터쯤 떨어진 정류장에 내려 시간을 확인했다. 생각보다 일찍 도착했다.

"20분 남네. 뭐라도 먹을까?"

세빈이 활짝 웃으며 고개를 끄덕였다.

편의점 옆에 붙어 있는 분식집에 들어가 떡볶이와 순대를 주문했다. 배가 고팠던 모양인지 세빈은 순대를 흡입했다. 그러다가 떡볶이를 하나 먹고는 얼굴이 시뻘게졌다.

"오 마이 갓! 매워요."

"물 줄까?"

덩달아 당황한 우재가 허둥지둥 물을 떠 왔다.

급히 물을 마신 뒤 세빈은 혀를 날름 내밀고 쌕쌕거렸다. 어우, 너 오늘 왜 이러니. 사진으로 박제해서 두고두고 보고 싶을 만큼 귀여운 세빈 때문에 우재는 정신이 점점 혼미해졌다. 떡볶이를 코로 먹는지 입으로 먹는지 알 수 없었다. 실내가 더워서 그런지, 떡볶이가 매워서 그런지 얼굴이 확 달아올랐다. 등줄기를 타고 땀이 흘렀다. 물을 벌컥 마시며 우재는 간신히 정신 줄을 잡았다.

"근데 나랑 이렇게 자주 만나도 괜찮아?"

"네?"

"아니, 남친이 알면 화날 수도 있으니까."

떡볶이의 매운맛에 중독됐는지 세빈은 쓰읍, 쓰읍 하면서도 꿋꿋이 떡볶이를 먹었다.

"저 남친 없어요."

"그래?"

"저 모쏠이에요."

위험했다. 하필 그 타이밍에 우재는 어묵 국물을 머금고 있었는데, 하마터면 세빈 앞에서 국물을 다 뿜을 뻔했다.

"거짓말."

말이 또 필터 없이 세게 나갔다. 아니, 미국에서 자유롭게 살았다며. 할리우드 영화 보면 학생들이 파티도 자주 하던데. 파티에는 무조건 커플로 가던데. 더구나 너처럼 귀여운 애가 모태 솔로라고?

"왜 거짓말이라고 생각하세요?"

세빈이 어묵 국물을 차분히 숟가락으로 먹고는 우재를 쳐다봤다.

"아니, 네가 자유롭게 살았다고 해서 난 또⋯⋯."

세빈이 눈을 가늘게 떴다. 처음 보는 새치름한 표정에 서운함이 가득 담긴 눈빛이었다.

"노, 그건 자유롭게 연애했다는 뜻이 아니었어요."

그러냐. 그럼 그건 무슨 뜻인데.

"저한테 자유롭게 산다는 건, 음, 선택을 하거나 결정해야 할 때 저 자신만 생각하고 제 주관대로 한다는 뜻이에요."

우재를 바라보는 세빈의 눈빛이 반짝거렸다. 저 당당한 눈빛이야말로 자유 그 자체가 아닐까. 이 아이 곁에 있으면 우재도 한 번쯤은 자유로워질 수 있을까. 우재는 세빈의 모든 것이 탐나고 부러웠다.

우재의 삶은 자유와 거리가 멀었다. 우재는 늘 해야 하는 일들에 치여 살았다. 집안 상황이나 부모의 결정에 따라 일상이 돛단배처럼 불안하게 흔들리기 일쑤였다. 예기치 않은 상황이 닥치면 매번 적응하느라 바빴다.

아빠를 찾기 위해 여섯 가지 버전의 전단지를 만들었지만 소용없었다. 주말마다 전국 각지를 돌아다니며 전단지를 붙이고 다녔지만 유효한 제보 전화는 한 통도 걸려 오지 않았다. 가까운 동네 전봇대를 돌며 전단지가 잘 붙어 있는지 확인하러 다니다가 우재가 깨달은 것은 매주 전단지가 사라진다는 사실이었다. 빨래를 하고 나면 곧잘 사라지곤 하는 양말 한 짝처럼 전단지는 감쪽같이 사라지곤 했다.

아빠가 어디에 있는지 궁금할 때마다 우재는 공구함을 열었다. 아빠 손때가 잔뜩 묻어 있는 드라이버며 펜치며 렌치를 하나씩 꺼내 수건으로 오래도록 닦곤 했다. 아빠 손에 박인 굳은살과 몸에서 나던 쇠 냄새를 떠올릴 때마다 우재는 아빠가 그리웠다. 아빠는 고치지 못하는 것이 없었는데, 엄마와 우재는 형광등 하나 제대로 갈지 못했다. 아빠가 사라진 뒤 우재네 집은 점점 망가졌다. 그 망가진 집마저도 자주 떠나고 이사를 다녀야만 했다.

"자기 주제도 모르고 사업을 해 가지고."

먼 친척이 말했다.

"사업은 아무나 하나."

가까운 친척이 말했다.

"무책임한 놈 싹 잊어버리고 사망 신고 해 버리쇼. 보험도 있다면서요."

아주 가까운 친척이 말했다.

어떤 말은 오래도록 사라지지 않는다. 엄마의 말도 그랬다. 딱 한 번 우재가 엄마한테 아빠에 대해 물었을 때 엄마는 단호하게 대답했다.

"네 아빠는 살아 있어."

엄마는 아빠가 사업을 잘못 확장한 게 아니고 동업하던 친구한테 배신당한 거라고 철석같이 믿었다. 그것이 진실이든 아니든 우재에게 달라질 것은 없었다. 다만 우재는 돈이 필요했다. 친구와 피시방에 가려면, 문제집을 사려면, 배고플 때 간식을 사 먹으려면. 쪼들리는 살림에 학원 이야기는 꺼낼 수 없었다. 지훈이 듣다 중도에 포기한 인강 아이디를 줍줍해 듣는 것이 우재가 받을 수 있는 사교육의 전부였다.

한 번도 자유를 느껴 본 적 없는 우재였지만 세빈과 함께 있는 순간에는 달랐다. 세빈의 환한 웃음을 바라보며 공기를 함께 흡입하는 것만으로도 숨통이 트였다. 오랫동안 꽉 막혀 있던 가슴이 뻥 뚫렸다. 그래서일까. 세빈을 향한 우재의 감정은 걷잡을 수 없이 커져만 갔다.

아빠는 종종 우재에게 문장으로 말을 걸었다. 포스트잇에 수수께끼 같은 질문을 적고 꼬깃꼬깃 접어서 서랍 사이나 신발장 맨 아래에 숨겨 뒀다.

'5년 후 우재의 발 사이즈는?' 같은 장난스러운 질문도 있었고 '우재가 가장 좋아하는 우유는?'처럼 명확한 답을 요구하는 질문도 있었다. 종이 쪼가리를 찾을 때마다 우재는 보물찾기에서 큰 선물을 받은 사람처럼 마음이 들떴다.

아빠가 자기 곁을 떠났다는 사실보다 더 믿을 수 없는 것은 아빠가 문장 하나, 단어 하나 남기지 않고 사라졌다는 사실이었다. 온 집 안을 샅샅이 뒤집고 나서야 아빠가 아무런 문장도 남기지 않았다는 것을 알아차렸고 그 사실을 우재는 좀처럼 받아들일 수 없었다.

알바가 끝난 뒤 노곤해진 몸을 이끌고 우재는 책상 앞에 앉았다. 작은 한숨을 나지막이 내뿜다가 펜을 들었다.

— 네 미소를 날마다 볼 수만 있다면 무슨 짓이든 할 수 있을 것 같다.

우재는 펜을 내려놓고 종이를 접고 또 접었다. 아무도 찾을 수 없게 이 종이쪽지를 숨기려면 어디로 가야 할까. 아빠가 실종된 뒤 오래전부터 길을 잃은 우재의 시야에 쨍하게 빛나는 별빛 하나가 들어왔다. 어느덧 습해진 밤공기를 뚫은, 가늘지만 분명한 별빛을 보며 우재는 다시금 가슴이 두근거렸다. 세빈을 생각하는 것만으로 온몸이 작은 공기 방울로 가득 차는 듯한 포만감이 밀려들었다.

✦희철✦

임상 시험 아르바이트를 해도 금방 여소준 교수를 만날 수 있으리라고 생각하지 않았다. 임상 시험 참가자를 챙기는 담당자가 따로 있을 테니까. 그런데 2차 임상 시험 때 일이 어떻게 꼬인 건지 교수가 직접 나타났다.

연구원이 시험 참가자에게 상세한 설명을 하는 동안 교수는 참가자들의 얼굴을 가볍게 훑어봤다. 희철은 교수를 뚫어져라 바라봤다. 잠깐이지만 두 사람의 눈동자가 맞닿았다. 희철의 눈길이 불편했는지 교수는 은근슬쩍 희철 뒤에 있는 남자에게로 시선을 옮겼다. 어떻게든 말을 걸어야 해. 어떤 말이 적당할까. 희철의 머릿속은 터지기 일보 직전이었다.

연구원에게 몇 가지 당부 사항을 남기고 연구실을 나가는 교수를 희철은 뒤쫓았다. 얼마쯤 걷다가 교수의 뒤통수에 대고 무작정 말을 내뱉었다.

"교수님 팬입니다."

희철이 다짜고짜 그렇게 말하자 교수가 천천히 몸을 돌렸다. 무표정한 얼굴 위로 살짝 귀찮아하는 듯한 기색이 떠올랐다.

희철은 눈을 질끈 감고 다시 말했다.

"저, 밥 좀 사 주시겠어요?"

교수는 고개를 잠깐 갸웃하더니 사무적인 말투로 말했다.

"테스트 끝나고 만나시죠."

2차 임상 시험을 마쳤다. 참가자들이 모두 떠난 자리에 남아 희철은 여소준 교수를 기다렸다. 교수는 가운을 벗고 사복 차림으로 나타났다. 청바지에 어울리는 편안한 셔츠 차림이라 얼핏 스티브 잡스가 떠올랐다.

교수는 학교 정문을 나와 가까운 식당으로 들어갔다. 잠시 어색한 침묵이 이어졌다. 희철이 수저통에서 수저를 꺼냈다.

"교수님이 쓰신 책 다 읽어 봤습니다."

책 이야기가 나오자 교수의 표정이 한결 부드러워졌다.

"잘 읽혔나요?"

"어려운 부분도 있었지만 그래도 괜찮았습니다."

"뇌과학에 관심이 많은가 봅니다."

희철은 민망하다는 표시로 머리를 긁적였다.

돈가스 정식이 나왔다. 희철은 허겁지겁 돈가스를 입에 밀어 넣었다. 어릴 때부터 돈가스를 좋아했다. 엄마가 자주 해 주던 음식이었고 준기도 잘하는 음식이었다. 정신없이 돈가스 조각을 집어 먹는 희철을 가만히 건너다보다가 교수가 모호한 표정을 지으며 물었다.

"혹시 우리, 만난 적 있나요?"

희철은 속으로 뜨끔했지만 티 내지 않았다. 뉴스에 자주 나온 아빠 얼굴 때문에 나를 알아보는 건가 싶어 심장이 떨렸다. 일단 희철은 그런 적 없다고 선을 그었다. 교수가 돈가스를 더 시킬까 넌지시 물었고 희철은 손사래를 치며 배부르다고 말했다. 교수는 남은 돈가스 한 점을 소스에 찍어 입에 넣더니 생선가스를 추가로 주문했다. 교수는 보기보다 먹성이 좋고 많이 먹었다.

"저, 교수님. 부탁이 하나 있습니다."

교수가 젓가락을 내려놓았다. 교수의 시선이 희철의 귀에 꽂혔다. 귀고리를 보는 건가? 희철은 조용히 교수의 반응을 기다렸다.

"들어나 보죠."

"뇌 사진을 찍어 보고 싶습니다."

"누구의?"

"저요."

여소준 교수의 눈에 갈고리처럼 생긴 물음표가 동시다발적으로 둥둥 떠다녔다.

"꼭 교수님이 해 주셨으면 좋겠습니다. 교수님이 최고라고 들었습니다. 제 뇌를 연구 대상 삼아 분석해 주시면 안 되겠습니까?"

"제가 왜 그래야 합니까?"

교수의 질문에 희철은 망설였다. 질문을 받자마자 떠오른 단어가 있었는데, 막상 그 단어를 입 밖으로 내뱉으려니 혀가 꼬이고 말렸다. 소주가 몹시 당겼다.

"희망이…… 필요해서요."

희망이라는 말에 교수의 눈동자에 어른거리던 의문이 더 커졌다. 교수는 이만하면 성의를 다했다고 판단했는지 휴대폰을 챙겨 가방에 넣었다.

"다음 임상 시험 때 뵙죠. 그럼……."

자리에서 일어서는 교수를 잠깐 보다가 희철은 자리에서 벌떡 일어나 준비한 말을 크게 내뱉고야 말았다.

"제가 악마인지 아닌지 확인하고 싶습니다."

자리에서 일어난 채로 교수는 희철을 오래 건너다봤다. 교수는 잠깐 주춤하다가 다시 자리에 앉았다.

"설명이 필요한 문장이네요."

그 말에 희철은 다시 망설였다. 아빠 이야기를 먼저 꺼낸 적은 없었다. 그러나 교수를 설득하려면 진실 한 조각이 필요했다.

희철은 자기에게 일어난 일을 조곤조곤 이야기했다. 희철의 말이 끝나자 여소준 교수는 복잡한 표정으로 생각에 잠겼다. 생각할 시간을 달라는 말을 끝으로 교수는 짧게 목례를 하고 자리에서 일어섰다.

교수가 남기고 간 모습이 희철에게는 낯설지 않았다. 충격과 공포로 얼어붙은 눈빛. 경계심과 불안이 뒤섞인 표정. 정체를 알 수 없는 불길한 것에 무의식이 보내는 경멸과 혐오. 이미 익숙하고 친숙한 것이었다.

텔레비전을 끼고 사는 동안 희철은 다큐멘터리를 많이 봤는데, 우연히 이런 영상을 본 적이 있다. 이름하여 위장에 능한 동물들 특집. 인도네시아 문어에게는 검은 줄무늬가 있다. 맹독성 물고기가 가시를 펼친 모습을 흉내 내거나 독이 있는 혀가자미처럼 바다 밑바닥에 엎드린다. 포식 물고기는 주변에 등푸른청소놀래기가 있으면 검은색 몸에 푸른색 줄무늬를 만들어 자기 모습을 감춘다. 그렇게 변장해 있다가 물고기가 다가오면 커다란 송곳니를 박는다. 애벌레 때 맛없는 식물을 먹는 나비도 있다. 포식자는 지독하게 맛없는 나비를 먹고 치를 떨게 된다.

만약 선택권이 있었다면 희철도 위장술을 익혔을 것이다. 아무도 자신을 찾아내지 못하게 꼭꼭 숨어 사람들의 눈을 피했을 것이다.

대학 병원의 신경외과 병동에 도착했다. 진료실에서 여소준 교수는 나이 지긋해 보이는 의사를 소개했다. 교수는 이분이야말로 진짜 뇌 전문가이고 '최고'라면서 희철의 뇌 영상을 같이 분석하겠다고 약속했다.

검사실로 이동했다. 간호사가 팔에 주사선을 연결했다. 이게 뭐냐고 물었더니 간호사는 뇌 조직에 흡수될 조영제라고 했다. 조영제가 뭔지 대충 알았지만 그게 몸에 들어오면 어떤 느낌인지는 전혀 몰랐다. 좀 더 구체적으로 물어보려다가 귀찮게 하는 것 같아 참았다.

검사실에서 일하는 선생님이 기계의 비좁은 튜브를 가리키며 희철에게 누우라고 지시했다. MRI 검사를 할 거라고 말했다. 뇌과학 책에서 자주 본 명칭이다. 희철이 모른다고 짐작하는지 자기 공명 장치라는 부연 설명이 이어진다. 쳇, 어리다고 무시하는 건가. MRI와 fMRI의 차이도 알고 있는데. 어쨌든 책에서만 봤던 검사를 직접 한다는 생각에 가슴이 약간 두근거렸지만 희철은 무덤덤한 표정으로 지시를 따랐다. 얼마나 걸리느냐고 묻자 30분에서 한 시간쯤 걸린다고 했다.

몸이 튜브 안으로 들어간다. 기분 나쁜 소음이 들리면서 속이 살짝 메슥거린다. 춥다. 기분이 더럽다. 좁은 관 속에 들어온 느낌이다. 희철은 지루함을 느낀다. 한 시간이라는 물리적 시간이 이토록 길었던가. 갑자기 피부가 가렵다. 가려움이 견딜만 해지자 산발적인 기억들이 머릿속을 뱅글뱅글 떠다닌다.

아빠가 체포되던 순간, 희철과 아빠는 집에서 아주 매운 라면을 먹고 있었다. 땀을 삐질삐질 흘리면서 찬물을 찾는데 형사들이 들이닥쳤다. 형사 한 명이 아빠한테 몸을 날렸고 아빠는 순식간에 제압당했다. 키가 크고 떡대 좋은 형사는 아빠의 팔을 뒤로 꺾더니 주머니에서 재빨리 수갑을 꺼냈다. 희철이 태어나 처음 본 수갑이었다.

"당신은 묵비권을 행사할 수 있으며…….."

형사가 중얼거렸다. 이거 뭔가 영화 속에서 자주 보던 장면인데, 라는 맥락 없는 생각이 희철의 머릿속에 파고들었다. 아빠는 형사들의 우악스러운 손에 끌려가면서도 실실 쪼개기만 했다. 그러더니 고개를 한 번 희철 쪽으로 돌려 마지막으로 이렇게 말했다.

"마저 먹어라."

며칠 전에 여소준 교수한테 밥을 얻어먹을 때만 해도 뇌 검사를 받게 될 줄 몰랐다. 희철이 간절한 투로 부탁했지만 교수의 반응은 싸늘했으니까. 당연히 물 건너간 일이라고 체념하고 있었는데 전화가 걸려 왔다. 교수는 차분한 목소리로 뇌 검사를 해 주겠다고 말했다. 그러면서 조건이 있다는 말을 덧붙였다.

"저희에게 뇌를 제공해 주셔야 합니다."

교수의 말은 간단했다. 희철의 뇌에 문제가 있는지 여부를 분석해 줄 테니 앞으로 뇌를 연구해야 하는 실험이 있을 때마다 협조해 달라는 말이었다. 사례비도 적지 않게 제공하겠다고 했다. 희철로서는 나쁘지 않은 거래였다.

몇 가지 검사가 더 이어졌다. 머리에 이상한 장치들을 붙였고 피를 뽑았고 모니터를 바라보며 반응을 살폈다. 슬슬 배가 고파 올 무렵 검사가 끝났다.

일주일 후 희철은 진료실로 들어가 의자에 앉았다. 의사 입에서 과연 어떤 말이 튀어나올지 알 수 없어 다리를 떨다가 멈추었다가 다시 떨었다. 머리가 희끗희끗한 의사가 모니터 두 개를 번갈아 바라보며 빠르게 마우스를 움직였다. 여소준 교수는 의사 옆자리에서 고개를 푹 숙이고 종이를 들여다봤다.

의사가 중후한 목소리로 말했다.

"검사 결과 좋습니다. 모두 정상입니다."

"전전두엽피질 활성화는요? 그것도 정상인가요?"

희철의 질문에 의사와 여소준 교수는 서로 눈을 잠깐 마주쳤다.

"그것도 정상이에요. 그런 용어까지 알다니, 공부를 많이 했네요."

의사 옆에 앉은 교수가 시커멓게 생긴 사진 한 장을 희철에게 내밀며 말했다. 희철의 뇌를 찍은 사진일 텐데 아무리 들여다봐도 뭐가 어떻다는 건지 알 수 없었다. 교수는 종이 한 장도 내밀었는데, 그곳을 빼곡히 채운 영어 단어와 숫자들을 보자 머리가 지끈거렸다.

"MRI 검사 결과 모든 지표가 좋았어요. 복내측 전전두피질 활동도 정상이었고요. EEG 장치로 분석한 뇌파 활동도 좋고, 두개골에 전극을 붙여 검사한 신경 피드백도 아주 좋아요. 혈액 검사로 BDNF 수치도 확인했는데요. 아, 말이 좀 어렵죠. 한마디로 모든 수치가 정상이니 걱정하지 않아도 된다는 뜻이에요."

모든 수치가 정상. 모든 것이 정상. 나는야 정상인.

그 말이 희철의 머릿속을 가득 채웠다.

"더 궁금한 게 있으면 물어보세요."

의사가 상냥하게 던진 말에 희철은 꾸벅 인사를 하고 병원

을 나왔다. 정상이라는 말을 들었으니 기뻐서 펄쩍 뛰어야 하
는데 마음이 뒤숭숭했다. 의학적 검사 결과 모든 것이 정상이
라는 말을 사람들이 곧이곧대로 믿어 줄까? 아빠가 어떤 사람
인지 알고서도 해고 통보를 날리지 않을 회사가 한 군데라도 있
을까?

희철은 준기가 일하는 회사로 향했다. 준기는 오늘 같이 갈
데가 있으니 꼭 와야 한다고 아침부터 신신당부를 했다. 희철
이 준기가 일하는 회사 건물에 도착한 시각은 얼추 준기가 퇴근
할 무렵이었다. 허름한 건물 앞으로 준기가 얼굴에 미소를 띠
며 나타났다. 저 녀석은 내가 뭐가 좋다고 맨날 백만 불짜리 미
소를 짓는지. 희철은 준기를 알다가도 모르겠다.

"가자."

준기가 버스 정류장 쪽으로 앞장섰다.

"어디 가는데?"

"가 보면 알아."

버스에서 내려 몇백 미터 걷자 작은 건물이 나왔다. 희철은
준기를 따라 저벅저벅 걸었다.

"여름에 웬 긴 소매? 안 덥냐?"

준기가 무심한 목소리로 물었다. 주삿바늘 자국을 보면 사람
들이 뭐라고 수군댈까 봐 희철은 여름에도 늘 긴 소매 옷을 입었

다. 누가 내 몸을 그렇게 자세히 본다고. 그런 생각도 들었지만, 사람들이 자기를 두고 떠드는 소리를 듣는 것보다는 나았다.

건물에 달린 간판이 눈에 들어왔다. 그제야 희철은 준기가 데리고 온 곳이 어디인지 알아차렸다.

'복지실천단체 채움뜰'

희철의 발걸음이 뚝 멈췄다.

"안 가."

버티고 선 희철을 준기가 아이 어르듯 달랬다.

"너는 내가 희생해서 널 거두고 도와준 줄 알지?"

희철의 눈동자가 흔들렸다.

"이분들이 많이 도와줬어. 쌀이며 반찬이며, 다 말하자면 끝이 없어. 심지어 지금 네가 신고 있는 운동화도 여기에서 받은 거야."

채움뜰은 수용자 자녀를 지원하는 단체였다. 부모가 교도소에 갇히게 돼 보호자를 잃은 미성년 아이들을 돌보고 도와주는 곳이다.

"원래 미성년자들만 돕는 곳인데 네 상황을 말하고 도움을 부탁했더니 대표님이 특별히 도와주신 거라고."

오늘따라 준기가 말이 많다고 생각했다. 준기의 말을 흘려 듣고 싶었지만 단어 하나하나가 귀에 박혔다. 희철도 채움뜰이 무엇을 하는 곳인지, 자기에게 어떤 도움을 준 곳인지 대충 알았다. 아빠가 구속되고 얼마 후에 채움뜰에서 일하는 선생님이 희철을 찾아왔었다. 채움뜰이 제공하는 프로그램을 소개하는 선생님의 목소리와 눈빛은 충분히 따뜻했다.

하지만 희철은 채움뜰을 방문하지도, 도움의 손길을 요청하지도 않았다. 그때 희철은 고3이었고 주민증도 발급받은 상태였다. 미성년자를 돕는 단체의 지원을 받을 수 없다고 생각했다. 그리고 희철은 스스로를 어른이라 여겼고, 어른은 누구의 도움 없이 홀로 설 수 있어야 한다고 믿었다.

"인사만 하고 후딱 나올 거야."

준기가 부드러운 말투로 다시 다독였다.

실은 거짓말이었다. 어른이고 뭐고 희철은 아빠가 구속된 후로 모든 것이 귀찮았다. 자기 입으로 들어가는 밥에도 시큰둥했다. 준기가 찾아와 다시 만났을 때 희철은 7킬로그램이 빠진 상태였다. 원래도 마른 편이었는데, 밥을 거의 먹지 않아 살 위로 갈비뼈를 비롯한 대부분의 뼈가 드러나고 얼굴은 강파하기 그지없었다. 살이 너무 빠져서 의자에 잠깐 앉으면 엉덩이가 아플 정도였다.

"후딱이라고 분명히 말했다."

한 번 더 확인받은 뒤에야 희철은 발을 뗐다. 준기를 따라 계단을 올랐다. 작은 현판이 붙은 사무실 문은 활짝 열려 있었다. 누구든, 언제든 환영한다는 뜻일까. 무슨 까닭인지 에어컨은 꺼져 있고 선풍기 몇 대가 부지런히 움직이며 더운 바람을 내보내고 있었다.

사무실 귀퉁이에 놓인 책상으로 준기가 쭈뼛쭈뼛 다가갔다. 책상 주인은 고개를 돌려 준기를 힐끗 보고는 벌떡 일어나 껴안았다. 책상 주인은 예전에 희철을 찾아온 사람이 아니었다. 준기가 희철의 이름을 소개하자 여자는 희철에게 와락 달려들었다.

"네가 희철이구나! 이렇게 와 줘서 고마워."

뭐가 고맙다는 건지, 왜 여자가 자기에게 고맙다고 하는 건지 희철은 이해가 가지 않았다. 그저 어정쩡한 자세로 포옹한 채 얼른 이곳을 벗어나고 싶다는 생각만 했다. 머리카락이 희끗희끗해지기 시작한, 40대 후반으로 보이는 여자의 넉넉한 품이 낯설지만 싫지는 않았다. 아주 잠깐 희철은 엄마를 생각했고, 그래서인지 마음이 쓰라렸다.

가을

◆우재◆

학교가 발칵 뒤집혔다. 우재 때문에. 더 정확히 말하면 우재의 아빠 때문에.

몇 년째 실종자였던 아빠가 드디어 모습을 나타냈다. 살인자 딱지를 붙이고서.

소식을 듣고 엄마는 기절했고 우재는 정신이 하나도 없었다. 뉴스에서 들려오는 소식을 좀처럼 믿을 수 없었다. 아빠가 자신을 배신하고 자취를 감춘 동업자 친구를 칼로 찔러 죽였다고 했다. 칼부림을 말리려고 달려든 주변 사람 몇 명도 아빠가 휘두른 칼에 다쳤다고 했다.

소문은 빠르게 번졌다. 우재가 급식실에 나타나면 홍해가 갈라지듯 아이들이 쫙 갈라졌다. 당번이라 쓰레기를 버리러 분리수거장에 갔을 때는 하늘에서 떨어지는 우유 폭탄을 맞아 교복이 흠뻑 젖었다. 복도나 화장실에 우재가 나타나면 아이들은 대놓고 수군거렸다.

저 새끼 아빠 사람 죽였대.

헐, 그럼 쟤도 사이코패스?

하긴 쟤 좀 이상하긴 했어.

뭐가?

입만 열면 말이 공격적이고 눈빛도 싸가지가 없잖아.

하지만 그런 일들은 우재에게 아무것도 아니었다. 우재가 신경 쓰는 사람은 단 한 사람, 세빈이었다. 우재는 온종일 세빈을 피해 다녔다. 1학년 교실이 있는 3층에는 얼씬도 하지 않았고 급식실에는 발도 들이지 않았다. 체육 시간에는 핑계를 대고 보건실에 누워 시간을 보냈다.

다행히 아직까지 세빈을 만나지 못했다. 세빈에게도 이 소식이 전해졌겠지? 그동안 나랑 친하게 지낸 게 얼마나 소름 돋을까? 그런 생각 끝에 우재에게 남은 열망은 단 하나였다.

무슨 일이 있어도 세빈을 다시 마주치고 싶지 않다. 세빈을 만날 수 없는 곳으로 도망치고 싶다.

종례가 끝난 뒤 우재는 담임이 있는 곳으로 저벅저벅 걸어가 상담을 신청했다. 담임은 청소를 끝내 놓고 상담실에서 보자고 말하며 우재의 어깨를 두 번 토닥였다.

"전학을 가고 싶습니다."

상담실 맞은편 자리에 앉은 담임의 눈썹이 꿈틀거렸다.

"우재야, 우리 시간을 두고 천천히 결정하자. 네가 많이 힘든 건 샘도 아는데…….."

제가 얼마나 힘든지 샘이 어떻게 아는데요? 우재는 날 선 목소리로 따지고 싶었다. 아니면 조소라도 퍼붓고 싶었다.

"어머님이 아직 병원에 계시잖아. 보호자 동의 없이는 전학도 자퇴도 힘들어. 너도 잘 알잖니."

자신을 내동댕이친 운명에 보란 듯이 삐딱선을 타고 싶었다.

"그럼 엄마 퇴원할 때까지 휴학할게요."

담임 입에서 긴 한숨이 새어 나왔다.

"너 고2잖아."

이번에는 우재 입에서 한숨이 탄식처럼 흘러나왔다.

"너 가능성 있어. 성적 관리도 이만하면 잘한 편이고. 얼마 전에 영어 에세이 상도 받았잖아. 상황이 좋지 않지만 우리 포기하지 말자, 응?"

확실한 질병을 밝힌 의사의 진단서 없이 휴학하기가 쉽지 않다는 건 우재도 알고 있었다. 그렇지만 지금 자기 정도면 특별한 경우 아닌가? 휴학이든 무기한 결석이든 충분히 할 수 있는 상황 아닌가?

상담실 창가로 교정의 나무들이 보였다. 단풍으로 물들어 가는 나무를 보는데 세빈의 머리카락이 떠올랐고 세빈의 다갈 색 눈동자가 어른거렸다. 보고 싶었다. 우재는 꽉 쥔 주먹을 책 상 위에 올린 채 고개를 수그렸다. 담임 앞에서 결코 눈물을 흘 리고 싶지 않았다. 다만 턱 밑까지 차오른 그리움과 눈치 없이 존재감을 드러내는 희망과 절망적인 상황 앞에 한바탕 욕지거 리를 늘어놓고 싶을 뿐이었다.

세차게 가을비가 내린다. 낮은 곳에 모인 물이 하수구로 콸 콸 빨려 들어가는 소리가 들린다. 비가 옷을 적시는데 우산이 없다. 우재는 기운 없는 발걸음으로 터벅터벅 어느 건물 안으 로 들어선다. 겉옷에 묻은 빗방울을 아무리 털어도 잘 없어지 지 않는다.

면접 대기실이라고 적힌 팻말이 보인다. 대기 중인 사람들 을 지나친다.

"134번!"

문을 열고 들어가니 면접관이 세 명 앉아 있다. 그들 앞에 놓 인 작은 의자에 앉는다. 가운데에 앉은 면접관이 서류를 훑다 가 미간을 찡그린다. 오른쪽에 앉은 면접관은 서류에 작은 동그라미를 계속 그린다. 그들은 고개를 모아 몇 마디 속닥이다가 헛기침을 한다.

"우리가 왜 당황했는지 알 겁니다. 그렇죠?"

땀에 젖은 손바닥을 바지에 문지르며 우재는 대답한다.

"알고 있습니다."

중앙에 앉은 면접관이 안경을 벗고 관자놀이를 누른다.

"우리도 이런 경우는 처음이라서."

왼쪽에 앉은 머리가 새하얀 면접관은 지그시 이쪽을 바라본다.

"학과 성적이 우수하긴 하구먼."

중앙의 면접관이 안경을 다시 쓰며 묻는다.

"하나만 묻죠. 꼭 경찰이 되어야겠습니까?"

"네."

우재의 짧은 대답 뒤로 무거운 침묵이 흐른다.

"입학이 불가능한 건 아닙니다. 그런 규정도 없고. 다만 처음 있는 일이라 우리도 의논할 시간이 필요해요. 이해하죠?"

면접관의 말에 우재는 고개를 끄덕인다.

꿈은 곧장 다음 장면으로 넘어간다. 우재가 아직 그 자리에 앉아 있는 걸 깡그리 무시하고 면접관들끼리 논쟁을 주고받는 장면으로.

규정의 문제가 아닙니다. 전 그냥 찜찜하네요.

그래도 한 사람의 인생이 달린 문제 아닌가? 기분으로 결정할 순 없네.

우수한 인재들은 널렸습니다. 굳이 저런 사람까지 뽑을 필요는 없다는 말씀을 드리는 겁니다.

그렇긴 하지만…….

만에 하나라도 저 친구가 사고를 치면 사람들이 뭐라고 하겠습니까. 범죄자의 자식들은 면접조차 보지 못하게 해야 한다는 여론이 일지 않을까요? 그런 일이 벌어질까 봐 염려스러운 겁니다.

"아니야. 아니야!"

중얼거리며 우재는 잠에서 깼다. 눈가를 촉촉이 적신 물기를 손등으로 닦아 내고 몸을 뒤척였다. 창문으로 어슴푸레한 새벽빛이 들어왔다. 눈을 끔벅끔벅 뜬 채로 빛을 바라보는 사이 세빈의 얼굴이 눈앞에 떠올랐다.

지난 여름 방학 때 세빈과 함께 도서관 봉사 활동을 했다. 가만히 있어도 땀이 줄줄 흐를 만큼 무더운 날이었다. 반납된 책들을 정리해 서가에 꽂는 일이라 어렵지 않았다. 하긴 우재는 세빈과 함께할 수만 있다면 어떤 일이든 괜찮았다. 그 어떤 어려운 일도 척척 해낼 수 있었다.

"저는 책이 정말 좋아요."

분명 책이라고 했는데 우재는 자기 멋대로 세빈의 말을 이렇게 듣고 싶었다.

'있죠, 저는 선배가 정말 좋아요.'

봉사가 끝나 갈 즈음 세빈은 책을 대출하고 싶다며 대출증을 만들었다. 그러더니 900으로 시작되는 서가 앞을 서성였다. 뺨이 한껏 상기된 세빈이 행복한 얼굴로 기웃거리는 책은 여행에 관한 책들이었다.

도서관을 나올 때 세빈이 우재의 가방을 살짝 붙잡았다.

"이 도서관 뒤에 숲길 있는 거 아세요?"

이렇게 더운 날 숲길을 오르자는 얘기인가? 우재는 세빈의 마음을 읽고 싶어 눈을 지그시 바라봤다.

"좋아하는 곳이야?"

"네."

세빈의 얼굴에 따뜻한 미소가 천천히 번졌다. 그래, 네가 좋아하는 곳이라면 가야지. 그게 어디든. 숲길을 오르기엔 지나치게 습한 날씨였지만 날씨 따위에 질쏘냐. 우재는 씩씩하게 숲길을 한 바퀴 돌았고 덕분에 온몸이 땀에 흠뻑 젖어 버렸다. 엄청난 더위와 자신이 뿜어내는 사랑의 열기에 지쳐 버린 우재는 기운 빠진 목소리로 무심히 말했다.

"와, 오늘 진짜 덥네. 이럴 땐 영화관이 최곤데."

그 말에 세빈이 반응했다.

"그럼 우리 영화 볼까요?"

우재는 눈을 찡긋하며 고개를 크게 끄덕였다. 그 모습을 보고 세빈도 환하게 웃었다.

에어컨 냉기가 빵빵한 영화관에 들어서자 살 것 같았다. 영화표를 예매하고는 근처에서 햄버거 세트를 사 먹었다. 공식적으로 사귀자고 한 적은 없지만 어쩐지 첫 데이트를 하는 것 같아 우재는 마음이 대책 없이 설렜다. 그런 우재 마음을 아는지 모르는지 세빈은 입을 한껏 벌려 햄버거를 맛있게 먹어 치웠다.

"아까 보니까 여행 책 코너에 한참 있던데."

우재 말에 세빈은 헤헤거렸다.

"봤어요? 저 여행 작가 될까 고민 중이거든요."

여행. 작가. 영어. 책. 자유. 세빈을 가장 잘 드러내는 단어들이 한 줄에 착 꿰이는 느낌이 들었다.

"어울려."

"정말요?"

"완전 어울린다니까."

"선배는요?"

"나?"

"선배는 어떤 학과 갈 거예요? 어떤 직업에 관심 있어요?"

우재는 세빈의 화법이 좋았다. 세빈은 한 번도 우재에게 성적이 어떤지 묻지 않았다. 세빈의 관심은 항상 하고 싶은 일이나 학과 선택에 쏠려 있었는데, 그 점이 우재는 마음에 들었다.

"아직 잘 모르겠네."

그날 우재는 말하지 못했다. 경찰이나 형사가 되고 싶다고. 예전부터 수사물 드라마를 좋아했다고. 미스터리 소설도 꽤 읽었다고. 실은 사라진 아빠를 기다리고 있다고. 늠름한 경찰이 돼서 실종된 사람들을 찾아 주고 싶다고.

그게 얼마나 멍청한 생각이었는지 우재는 몰랐다. 세빈에게 이 말을 하지 않아 얼마나 다행스러운지. 사람들에게 이 말을 떠들고 다니지 않아 얼마나 감사한지. 경찰이 돼서 찾고 싶을 정도로 그리워한 아빠가 살인자가 돼서 나타났다. 아빠와 살인이라니. 생각지도 못한 단어들이 연결되었다. 이 상황을 어떻게 납득해야 할지 우재는 혼란스러웠다.

큰 충격을 받고 엄마는 쓰러졌다. 미주 신경성 실신으로 종종 쓰러지곤 했던 엄마였다. 기력이 쇠한 엄마는 병상에서 잘 일어나지 못했다. 그동안 일하면서 방치한 관절염과 허리 통증까지 한꺼번에 달려들어 엄마의 몸을 괴롭혔다. 우재는 학교가 끝나면 병실로 달려가 엄마를 돌봤다. 젖은 수건으로 엄마 얼굴을 닦아 주고 야채죽을 호호 불어 엄마 입에 넣었다.

아빠 사업이 한창 물올랐을 때 엄마는 어딜 가든 귀부인 대접을 받았다. 피부 관리실에서 고급 관리를 받아 피부가 누구보다 매끈거렸고 드레스 룸에는 명품 옷과 가방이 즐비했다. 외제 차를 주기적으로 바꿔 타는 엄마를 모두 부러워했다. 동네 사람들이 엄마를 선망의 눈길로 바라보는 걸 우재도 잘 알고 있었다.

그런데 아빠가 사업에 실패하고 모습을 감춘 뒤로 엄마는 완전히 다른 사람이 되었다. 어떤 일이든 마다하지 않고 밤낮없이 일했다. 손이 부르텄다. 손등이 벗겨지고 갈라졌다. 허리가 고장 났다. 엄마 몸에서는 향수 냄새 대신에 짙은 피로와 자주 빨지 못한 빨래 냄새가 났다. 한 번 잃어버린 냄새를 두 번다시 찾을 수 없는 사람. 먹고사는 문제에 시달려 웃음과 여유를 잃어버린 사람. 애타게 그리워하다가 결국 자신을 놓아 버린 사람. 우재는 엄마가 그런 사람이 될까 봐 두려웠다.

"엄마, 나 화장실 갔다 올게."

병실 밖으로 나가니 벽에 비스듬히 기댄 남자가 보였다. 우재가 그 사람을 스쳐 지나자 그가 우재 뒤를 바짝 쫓았다.

"김우재?"

느닷없이 불린 자기 이름에 놀라 우재는 몸을 홱 돌리고 남
자를 노려봤다.

"누구세요?"

우재는 남자의 한쪽 귀에 걸려 대롱대롱 움직이는 십자가를
가만히 응시했다. 이 남자 뭐지? 아, 그건가? 교회 다니세요.
아니면 도를 믿으세요.

"우리 본 적 있는데, 기억 안 나지?"

웬 반말? 우재는 슬슬 남자가 성가셨다.

"육교 옆 편의점. 내가 거기 자주 가거든."

편의점 손님이 왜 엄마 병실 앞에서 자기를 기다리고 있었
는지 우재는 짐작이 가지 않았다. 솔직히 이유가 궁금하지도
않았다.

"난 그냥 심부름 온 거야. 이거 너한테 꼭 주라고 해서."

남자가 작은 책자를 내밀었다. 우재는 표지에 적힌 글자를
내려다봤다.

〈당신은 혼자가 아닙니다 – 복지실천단체 채움뜰〉

"아, 잠깐만."

남자는 책자를 들고 있는 우재 손 위로 휴대폰을 들이밀었
다. 점점 짜증이 났다. 이 새끼 진짜 뭐야.

"쏘리. 사진 꼭 찍어 오래."

찰칵, 하는 소리와 함께 휴대폰에서 플래시가 터졌다. 남자의 귀에 걸린 은색 십자가에서 빛이 반사돼 우재의 눈을 찔렀다. 그 순간 우재의 인내심이 한계에 다다랐다. 우재는 남자가 건넨 책자를 바닥에 휙 내던지고 냉담하게 등을 돌렸다.

"아빠 보러 구치소 가고 싶지 않아?"

구치소라는 단어에 우재의 몸은 얼음 상태가 되어 버렸다. 남자는 바닥에 떨어진 책자를 주워 다시 우재 곁으로 다가왔다.

"나야 그 새끼 꼴도 보기 싫지만 넌 다를 수도 있으니까."

남자가 미동도 없이 서 있는 우재의 팔과 옆구리 사이에 책자를 쓱 끼웠다.

"네 얘기 대충 들었어. 엄마 건강이 나빠지거나 도움이 필요하면 여기로 연락하래. 괜히 센 척하다가 나처럼 돌아가지 말고 직진하라고."

우재가 남자 쪽으로 고개를 돌렸다. 깡마른 남자의 귀에 외로이 걸려 있는 십자가 귀고리가 눈길을 사로잡았다. 남자는 신을 믿는 걸까? 세상에 신이 있기는 할까? 신이 있다면 엄마와 자기한테 이런 엿같은 일을 주는 이유가 뭘까?

"참, 지금 내 이름은 희철. 나중에 바꿀 수도 있어서."

남자가 손가락 끝으로 책자를 톡톡 두드렸다.

"내 휴대폰 번호 마지막 페이지에 적었다. 심심하면 연락해."

남자가 뒤돌아 걸었다. 우재는 옆구리 쪽에 끼어 있는 책자가 떨어질까 봐 한 손으로 책자를 꽉 쥐었다.

"참고로 말하는데, 내 번호 아는 사람 세상에 딱 두 명이다. 영광인 줄 알라고."

우재는 살짝 고개를 돌려 희철을 쏘아봤다. 볼일이 다 끝난 희철은 우재가 자기를 쏘아보든 말든 관심 없다는 듯 쌩하고 복도를 빠져나갔다.

우재는 복도에 놓인 의자에 쓰러지듯 앉았다. 하도 꽉 잡아서 책자가 우그러져 있었다. 아빠를 보러 구치소에 간다는 생각은 한 번도 해 본 적이 없었다. 아빠를 보고 싶은가? 잘 모르겠다. 아빠를 본다고 해서 달라질 것은 아무것도 없었다. 아빠는 우재의 기억 속 모습과 완전히 다를 수도 있었다. 그렇다고 해도 한 번쯤은 아빠를 보고 싶었다. 우재는 책자를 꼭 쥔 채 하염없이 내려다봤다.

◆희철◆

거실에 드러누워 폰 게임을 하고 있는데 전화가 왔다. 채움
뜰에서 만난 보윤 샘이었다. 희철은 귀찮은 기색이 잔뜩 묻은
목소리로 전화를 받았다.

"희철아, 잠깐 사무실 올 수 있니?"

"무슨 일인데요?"

"샘이 치킨 사 줄게."

희철이 치킨이라면 자다가도 벌떡 일어난다는 사실을 준기
녀석이 샘한테 흘린 게 틀림없다. 치킨이라는 말에, 그것도 청
양고추가 들어간 치킨을 사 주겠다는 말에 홀려 희철은 외투를
걸쳤다.

치킨과 함께 먹은 콜라 때문에 밀려드는 트림을 끄윽, 했을 때
보윤 샘이 그윽한 미소를 지었다. 그 미소를 볼 때마다 엄마 생각
이 나서 희철은 남은 콜라 캔을 하릴없이 흔드는 데 집중했다.

"희철아, 샘 부탁이 있는데 들어줄래?"

희철은 콜라를 홀짝이다가 남은 치킨을 내려다봤다.

"싫은데요?"

고개를 잠깐 들어 샘을 힐끗 바라봤다. 희철의 날카로운 대꾸에도 샘의 얼굴에 드리운 미소는 여전했다. 말투나 억양도 전혀 달라지지 않았다.

"부탁 들어주면 엄청난 거 도와줄게."

"관심 없어요."

"아쉽네. 진짜 엄청난 건데……."

희철은 무심한 얼굴로 남은 치킨을 입에 넣었다.

"아, 뭔데요?"

"독립."

오물거리던 입이 정지했다. 희철은 자기도 모르게 고개를 갸웃거렸다. '독립'이라는 단어가 낯설었다. 동시에 강한 반감이 들었다. 지금 나더러 혼자 살라는 뜻인가? 지금 준기랑 잘 살고 있는데 왜?

"그딴 거 필요 없어요."

희철은 오른쪽 다리를 덜덜 떨어 대면서 콜라 캔을 한 손으로 우그러뜨렸다.

"희철아."

샘이 사랑과 따뜻함을 담아 부드럽게 희철의 이름을 불렀
다. 과거에는 그의 이름이 아니었고 미래에도 그의 이름이 아
닐, 잠정적일 뿐인 이름을.

"준기한테 사랑하는 사람 있는 거 아니?"

남은 치킨을 집으려던 희철의 눈동자가 휘둥그레졌다. 몰랐
다. 그런 이야기를 준기가 먼저 꺼낸 적도, 희철이 지나가는 듯
물어본 적도 없었다. 그냥 희철이 애인이 없듯 준기도 그런 상
태라고만 생각했다. 그 확신이 얼마나 어리석었는지 깨닫자 희
철은 귀가 뜨거워지는 것 같았다.

"지금 당장은 아니겠지만 언젠가는 준기가 결혼할 수도 있
지 않을까? 희철이 너도 이제 홀로 서야지. 영원히 준기랑 살
수는 없잖니."

몇 살 때였을까. 아빠가 토끼를 한 마리 사 온 적이 있다. 토
끼를 대체 왜 사 왔는지 아직도 희철은 알 수 없었다.

어쨌든 토끼는 빠르게 컸다. 희철은 무료함을 달래러 뒷마
당에서 종종 토끼와 놀다가 중요한 사실을 깨달았다. 이 짐승
은 어마어마하게 멍청하고 순종적이었다. 희철이 자기 무릎 위
에 토끼를 올려놓고 억지로 눈을 감기면 몇 초 만에 곯아떨어졌
다. 그 모습이 어이가 없어 낄낄거리면서 희철은 틈날 때마다
토끼를 재웠다.

희철은 토끼가 부러웠다. 정말이지 가끔은 아무것도 모르는 사람처럼 눈을 감아 버리고 싶었다. 누가 따뜻한 손길로 눈을 감기면 그대로 죽음보다 더 깊은 잠에 빠져들고 싶었다. 그런 욕구가 발딱 일어날 때마다 희철은 자기 손아귀에 가만히 안겨 있던 토끼를 줄기차게 떠올렸다. 토끼가 순순히 잠에 빠져드는 모습을 되새김질했다.

"샘이 도와줄게."

희철이 귀찮다는 뜻으로 뒤통수를 벅벅 긁어 대며 물었다.

"부탁이 뭔데요?"

샘의 입에서 우재 이야기가 흘러나왔다. 몇 년 동안 실종자였던 아빠가 살인자가 되어 나타난 이야기. 그 소식을 듣고 엄마가 쓰러진 이야기. 우재가 아직 성인이 아니기 때문에 학교 관계자에게서 연락을 받은 이야기. 걱정되는 마음에 전화도 해 보고 집까지 찾아가 봤지만 여전히 충격에서 벗어나지 못했는지 녀석이 눈길조차 마주치지 않은 채 냉담하게만 반응한다는 이야기.

"희철이 네가 다가가면 무작정 거절하지 않을 것 같아서."

무슨 근거로 그런 말을 하는지 따져 묻고 싶은 마음을 꾹 눌렀다. 준기가 보윤 샘을 얼마나 믿고 따르는지 잘 알고 있었다.

"이것만 전해 주면 되죠?"

샘이 희철 쪽으로 지그시 넘긴 책자를 희철은 휙 낚아챘다.

"고맙다, 희철아."

고맙다는 말을 들을 때 가슴이 찌릿했다. 이제껏 한 번도 누구한테서 고맙다는 말을 들어 본 적이 없다는 사실을 그제야 알아차렸다.

우재에게 책자를 전해 주고 증거 사진까지 찍어 보윤 샘한테 넘긴 지 이틀이 지났다. 구치소라는 단어를 듣고 딱딱하게 굳던 우재 얼굴이 자꾸 떠올랐다. 게임을 해도, 텔레비전을 봐도, 밥을 먹어도, 자꾸 녀석의 그 얼굴이 눈앞에 환영처럼 어른거렸다.

헛헛한 마음을 달래려고 동네를 한 바퀴 돌다가 희철은 무작정 버스에 올라탔다. 우재가 있는 병원을 지나는 버스였다. 가로수 낙엽으로 지저분해진 거리를 보고 싶지 않아 희철은 눈을 감고 이어폰을 꽂았다. 엄마가 떠난 계절이 가을이었다. 사뿐사뿐 바닥으로 내려앉는 낙엽은 속절없이 세상을 떠난 엄마를 떠올리게 만든다.

그렇게 며칠 연속해서 희철은 병원에 있는 우재의 얼굴을 훔쳐보고 왔다. 엄마를 정성껏 간호하는 우재 얼굴에 피곤한 기색이 역력한데도 녀석은 엄마만 보면 히죽히죽 웃었다. 그 미소를 보는 희철의 마음속에 야릇한 질투심이 분수처럼 솟구쳤다.

나도 저 녀석처럼 지켜야 하는 소중한 것이 하나쯤 있었더라면 삶이 달라졌을까? 어째서 내게는 지켜야 할 것이 하나도 남아 있지 않았을까?

희철은 오늘도 무의식적으로 버스에 올라탔다. 우재 엄마가 어제보다 조금 나아져 있으리라는 기대감이 살짝 일었다. 버스가 병원 쪽으로 우회전하려는 순간에 전화가 울렸다. 보윤 샘이었다.

"희철아, 우리가 새우전을 많이 해서 남았는데 이거 우재 좀 갖다줄래?"

우재라는 이름이 나오자 희철은 순순히 그러겠다고 대답했다. 우재에게 뭐든 주고 싶어 하는 보윤 샘 마음에 왜 자기 감정이 이토록 이입되는지 도무지 이해할 수 없긴 했다. 그러면서도 희철은 자동인형처럼 버스에서 내려 다른 버스로 갈아탔다.

채움뜰 사무실 2층에는 전 부치는 고소한 냄새와 사람들의 밝은 웃음소리가 가득했다. 보윤 샘이 사람들에게 희철을 소개했고 희철은 고개를 살짝 숙여 인사했다.

보윤 샘을 비롯한 선생님들이 차례로 달려들어 희철의 입에 음식을 넣었다. 새우전이 가득한 입에 양파절임이, 부추겉절이가, 깍두기가 밀려들더니 급기야 막걸리까지 들어왔다. 새우전이 이렇게 맛있는 음식이었나? 입이 짧은 희철이 평소 먹는 양의 다섯 배쯤 가까이 먹고 나서야 선생님들은 만족스러운 듯 웃으며 자기들 입에 음식을 집어넣었다.

"잘 먹었습니다."

희철의 인사에 푸근한 표정으로 웃는 보윤 샘 눈가에 작은 주름이 접혔다.

"심부름해 줘서 고마워."

샘은 또 고맙다는 인사를 했다. 희철은 왠지 이 말에 중독될 것 같아 더럭 겁이 좀 났다.

비닐봉지로 꼭꼭 싸맸는데도 은박 접시에서는 고소한 전 냄새가 솔솔 풍겼다. 희철은 소중한 보물을 감싸 안듯 아직 따스한 두 손으로 곱게 품고서 병원에 들어섰다. 병실 문으로 고개를 빠끔 들이밀고 우재를 살폈다. 녀석은 엄마에게 밥을 먹이느라 분주해 보였다.

한참 뒤에야 우재는 병실을 나섰다. 이제 저도 밥을 먹으려는 건가. 아니면 휴게실에서 잠깐 멍한 눈빛으로 텔레비전이라도 보려는 건가. 희철은 복도 의자에 앉아 있는 자신을 우재가 스쳐 지나가겠거니 예상했다.

"어?"

그러나 예상과 달리 우재는 희철을 알아봤다. 녀석, 보기보다 섬세하네.

"또 심부름 왔다. 잠깐 시간 있냐?"

어쩐 일인지 우재는 지난번과 달리 순한 양처럼 고개를 끄덕였다. 우재가 앞서 걸었고 희철은 우재를 뒤따랐다.

휴게실 테이블 위에 새우전이 가득 담긴 접시가 올라왔다. 우재는 눈을 더디게 끔벅였다.

"채움뜰 샘이 너한테 갖다주라고 해서."

희철은 우재에게 나무젓가락을 내밀었다.

"채움뜰이 어딘지 말했었지?"

안다는 뜻으로 우재는 고개를 한 번 끄덕였다. 우재가 젓가락으로 새우전을 집었다. 맛이 나쁘지 않은지 꼭꼭 씹어서 잘 먹었다. 그 모습을 보다가 희철은 주머니에서 지폐를 찾아 자판기에서 콜라 두 개를 뽑았다.

"이건 사진 안 찍어도 돼요?"

우재가 불쑥 물었다. 희철은 당황한 것을 감추려고 헛기침을 두어 번 하고는 화제를 돌렸다.

"너 내 번호 저장은 했지?"

우재는 주머니에서 휴대폰을 꺼내 만지작거리더니 희철 눈앞에 가까이 댔다. 희철의 번호와 함께 '십자가'라는 단어가 보였다.

"십자가?"

"이름 곧 바꾼다면서요."

그런 말을 한 것도 같다만, 그렇다고 당장 바꾼다는 뜻은 아니었는데.

"근데 그 십자가 귀고리는 빼지 않을 것 같아서."

헐, 그걸 어떻게 알았지? 이 새끼, 이거 귀신같은 놈일세. 당황한 것을 한 번 더 감추려고 희철은 또 화제를 돌렸다.

"엄마는 좀 어떠셔?"

"많이 좋아지셨어요."

다행이다. 이 말이 입 밖으로 튀어나오지 않아 희철은 속으로만 내뱉었다.

"간호도 좋지만 너도 챙겨. 밥은 먹고 지내는 거냐?"

희철의 말에 우재는 전을 먹다 말고 풋, 하고 웃음을 터뜨렸다.

"왜 웃어?"

"사돈 남말 하는 것 같아서요. 맨날 굶는 건 아니죠?"

깡마른 희철을 힐끗 쏘아보는 우재의 시선을 희철 또한 조용히 맞받았다. 요게, 오냐오냐했더니.

"아빠 면회는, 결정했냐?"

말을 꺼내자마자 희철은 아차 싶었다. 우재는 마음을 무겁게 하는 단어를 듣고는 먹는 속도가 눈에 띄게 느려졌다.

"아직 모르겠어요."

희철은 그새 어두워진 우재의 얼굴을 가만히 들여다봤다. 누구에게 쉽게 털어놓을 수 없는 말 못할 고통. 나만 세상에 버려진 듯한 고립감. 세상 사람들에게 가해자 가족이라고 손가락질 받아야만 하는 스산한 삶.

희철은 입 밖으로 한 번도 꺼낸 적 없는 단어를 저도 모르게 내뱉었다.

"이조식 알지?"

사람들이 모두 알게 된 유명한 이름을 듣고 우재는 젓가락질을 멈췄다.

"그 사람이 내 아버지야."

우재의 눈동자가 무섭게 출렁이는데도 희철은 이상하게 마음이 후련했다. 한 번쯤은 이렇게 속 시원히 털어놓고 싶었던 걸까.

"오해할까 봐 말하는데, 너 위로하려고 꺼낸 말은 아니야. 그냥 나도 모르게 나온 말이다."

남은 콜라를 입에 털어 넣고 나서 희철은 씨익 웃었다. 우재에게 그 웃음은 가식적으로 보였을지도 몰랐다. 우재는 조용히 젓가락을 내려놓더니 콜라를 마셨다. 희철은 우재를 잠깐 바라보다가 시선을 휴게실 창문으로 넘겼다.

해가 짧아졌구나. 벌써 어둑어둑해진 하늘을 보며 희철은 생각했다. 저 어린 녀석도 살아 보겠다고, 하나밖에 없는 가족을 지키겠다고 저렇게 애를 쓰는데 나는 뭘 하고 있나. 오래도록 빼지 못한 채 가슴에 박혀 있는 가시가 자기 존재를 드러내려는 듯 쿡쿡 희철의 심장을 찔렀다.

며칠 전부터 미행이 붙은 것 같았다. 착각일 수도 있지만 아닐 수도 있었다. 이번에도 또 아빠 너님이겠지? 희철은 이런 식으로 가볍게 생각했는데, 미행하던 사람이 집까지 쳐들어왔다. 준기가 없었으니 망정이지, 있었다면 사달이 났을 거다.

벨 소리가 들려 누구냐고 물었더니 우체국이라고 했다. 앞에 두고 가라고 하자 기사는 등기여서 서명이 필요하다고 대꾸했다. 마지못해 도어 록을 풀면서 희철은 밖을 살폈다. 마스크를 쓰고 있는 기사의 눈동자를 보는 순간, 번쩍이는 분노를 눈치챘다. 희철은 재빨리 현관문을 닫으려 했지만 남자가 한 발 빨랐다. 남자의 한쪽 발이 이미 집 안으로 성큼 들어온 상태였다.

문을 사이에 두고 힘겨루기가 이어졌다. 남자가 이를 악물고 문을 필사적으로 당겼다. 마침내 문이 홱 열리면서 그 반동으로 희철은 앞으로 나자빠졌다. 남자는 손에 낀 가죽 장갑을 잡아당기며 미간을 잔뜩 일그러뜨렸다. 그러더니 한 손으로 희철의 목덜미를 낚아채고는 집 안으로 당당히 발을 들였다. 신발을 신은 채로 남자가 희철을 거실에 패대기쳤다.

"나가자. 여긴 친구 집이야."

희철이 말하자 남자는 눈을 희번덕거렸다.

"나한테 명령하지 마. 넌 그럴 자격 없어."

힘이 바짝 들어간 남자의 목소리를 듣자마자 희철은 웃음보가 터졌다.

"왜 다들 나더러 자격이 없대? 자격 없는 건 죄지은 그 새끼지 내가 아니야."

남자가 위협적인 표정으로 몇 걸음 다가오는데도 희철은 여전히 킬킬거렸다. 여유롭게 실실 쪼개면서 남자를 계속 자극했다.

"넌 또 누구를 잃었는데? 딸? 여동생? 약혼녀?"

희철의 웃음소리가 남자의 뇌 속에 있던 퓨즈를 끊은 듯했다. 남자는 득달같이 달려와 주먹으로 희철의 가슴을 힘껏 쳤다. 강한 힘에 희철의 몸은 그대로 넘어갔다. 남자는 희철의 몸 위에 올라타더니 두 손으로 희철의 경부를 압박했다.

"제법인데?"

꽉 잠겨 간신히 나오는 목소리로 희철은 끝까지 비아냥거렸다. 어리석게도 그것만이 자신을 지켜 줄 수 있으리라 믿는 사람처럼.

그러거나 말거나 남자는 거칠게 숨을 몰아쉬며 더 세게 희철의 목을 틀어쥐었다. 숨통이 조여 오는 느낌에 희철은 화들짝 놀랐다. 희철의 미간이 무섭게 일그러지면서 눈동자가 크게 확장되었다. 그때 남자의 눈동자가 보였다. 분노로 활짝 열린 남자의 눈동자에 짙게 배어든 감정이 시시각각 지나갔다. 공포인지 두려움인지 희열인지 비웃음인지 체념인지 알 수 없는 온갖 감정이 한꺼번에 눈동자를 통해 희철의 몸으로 전달되었다.

그 순간 희철의 몸에서 힘이 스르르 빠져나갔다. 이렇게 죽는 것도 나쁘지 않겠다는 생각이 스쳐 지나갔다. 나의 개죽음으로 그 인간한테 희생당한 불쌍한 영혼들이 잠시라도 편해질 수 있다면야. 남자의 손을 다부지게 잡고 있던 희철이 손아귀 힘을 풀었다. 그런 후 큰대자로 팔을 뻗은 상태에서 눈을 감았다. 완전한 항복과 투항. 말 그대로 계속하라는 뜻이었다.

죽기 직전이면 자기가 살아온 삶이 파노라마처럼 지나간다던데 눈앞에 보이는 것은 시커먼 어둠뿐이었다. 악몽처럼 끔찍한 장면들이 떠오르지 않는 것만으로도 감사해야 할 인생이지, 뭐.

목이 아프다. 답답하다. 체념과 함께 통증을 고스란히 느끼고 있는데 갑자기 목을 압박하던 힘이 사라졌다. 숨이 한꺼번에 밀려들면서 희철은 캑캑거렸다. 목에 걸린 숨을 토해 내는 동시에 다급히 숨을 들이마셨다. 무슨 일인가 싶어 게슴츠레

실눈을 떴다. 남자는 거친 숨을 내뱉으며 희철 옆에 벌러덩 드러누웠다.

"여동생."

남자 입에서 튀어나온 단어가 하늘하늘 공중으로 떠올라 둥둥 떠다녔다. 침묵이 이어졌다. 두 사람의 불규칙한 호흡 소리만 가득했다.

"꼬라지를 보니 너도 한두 번 당한 게 아니구나."

빠르게 이어지던 호흡이 진정되면서 희철의 머릿속은 어느 때보다도 명징하고 또렷했다. 그동안 어떤 일을 당해도 꾸역꾸역 참아 왔다. 자기가 할 수 있는 일이 하나도 없다고 결론 내렸으니까. 과연 그럴까. 대체 언제까지 이 짓거리를 견뎌야 하는 걸까.

아빠는 사형을 언도받았지만 사형은 집행되지 않을 것이다. 그렇다면 죽는 순간까지 언제 달려들지 모르는 증오의 마음을 받아 주면서 살아야 한단 말인가.

"그 인간이 죽기를 가장 바라는 사람은 나라고!"

고래고래 고함을 지르고 싶었지만 희철의 목소리는 바람 빠진 풍선처럼 피식거렸다. 남자는 초점 없는 눈동자로 멍하니 천장만 바라봤다. 갈기갈기 갈라지고 찢어진 목소리가 남긴 잔상이 사라질 즈음 남자는 천천히 몸을 일으켰다.

해가 지는지 실내가 조금씩 어두워졌다. 북향이라 해가 있든 없든 빛이 잘 들어오지 않는 집인데도 낮과 밤은 조도가 확연히 달랐다. 한참 뒤에야 희철은 몸을 움직일 수 있었다. 몸이 겨우 들어가는 세탁실에 쭈그리고 앉아 담배를 입에 물었다. 잔뜩 끼었던 먹구름이 걷힌 줄 알았더니 어느새 다시 짙은 먹구름이 몰려들고 있었다. 잠시 후, 후드득후드득 빗방울이 떨어졌다. 빗소리를 들으며 희철은 몸을 오들오들 떨었다. 아무리 담배를 뻑뻑 피워도 몸의 떨림은 가라앉지 않았다.

현관문 열리는 소리가 들리더니 준기가 세탁실 문을 벌컥 열었다. 쭈그리고 앉아 있는 희철을 매섭게 노려보다가 준기는 엄한 얼굴로 당장 나오라고 했다. 희철은 쭈뼛거리며 나갔다. 형광등이 켜져 실체가 드러난 거실은 아수라장이었다. 준기는 주머니에서 휴대폰을 꺼냈다. 준기 입에서 "거기 경찰서죠?"라는 말이 흐르자 희철은 재빨리 준기의 휴대폰을 뺏었다.

"내놔."

준기는 오늘 화가 많이 난 듯 보였다. 좀처럼 화를 내지 않는 친구라는 사실을 누구보다 잘 아는 희철이기에 난감했다.

"신고해. 그래야 끝나."

"그래도 안 끝나면?"

"그럼 언제까지 이렇게 살 건데?"

평생, 이라고 대답하려다가 참았다. 희철은 평생 이렇게 살아도 어쩔 수 없지만 준기는 아니었다. 준기는 당사자가 아니었다. 친구를 잘못 만난 또 다른 피해자일 뿐이었다.

"너 임상 알바도 당장 때려치워."

왜 이야기가 그리로 튀는지 알 수 없었지만 희철은 또 참았다. 지금은 준기를 건드려서는 안 된다는 생각만 들었다. 준기의 잔소리 버튼이 눌러졌다. 당장 알바를 그만두고 제대로 된 직장을 구하고 몸을 움직이라고 했다. 준기의 말이 희철의 가슴에 턱 걸렸다.

제대로 된 직장이라……. 지금 같은 엄청난 취업난 속에 그런 일자리가 있다 치자. 아무 스펙도 없이 그런 회사에 무슨 수로 들어간단 말인가. 어찌어찌 운이 좋아 괜찮은 직장을 잡았다고 치자. 희철이 어떤 인간을 부모로 두고 있는지 회사에서 알게 되면 조용히 넘어갈까? 희철의 아빠가 어떤 짓을 저질렀는지 알고도 동료들이 함께 점심을 먹어 주고 맞담배를 피워 줄까?

"거저 벌려고 하지 말고 제발 좀. 그래야 네 아빠랑 다른 사람이 된다고!"

찬물을 끼얹은 듯 분위기가 싸해졌다. 그 말은 준기가 보기에도 희철이 아빠와 비슷한 사람이라는 뜻인가 싶어 희철의 심장이 쿵쾅거렸다. 손끝에서 힘이 빠져나가고 다리가 금방이라도 풀릴 것 같았다. 희철은 어떡하든 이 상황을 피하고 싶어 휴대폰만 챙겨 집을 나와 버렸다. 쾅, 하고 닫히는 현관문 뒤로 희철을 부르는 준기 목소리가 들렸다.

어디로 향하는지도 모른 채 희철은 빠르게 걸었다. 걷다가 불현듯 짚고 넘어가야 하는 문제가 떠올랐다. 오래전부터 준기에게 따져 묻고 싶은 문제였다. 희철은 숨까지 참고 달음박질 쳤다. 집에 들어가자마자 방문을 벌컥 열었다. 준기는 바닥에 드러누워 휴대폰을 만지작거리고 있었다. 요란한 소리와 희철의 조금은 과장된 제스처에도 준기는 미동조차 하지 않았다.

"야, 솔직히 말해. 너도 내가 악마라고 생각한 적 있지?"

준기가 피식 웃었다. 입술 끝에서 바람 빠지는 소리가 연이어 들렸다. 희철이 눈을 부라리며 으름장을 놓는데도 준기는 새끼손가락으로 귓속을 후볐다. 무슨 개소리가 그렇게 길어, 이런 얼굴로 휴대폰 화면만 뚫어져라 들여다봤다. 희철은 점점 화가 솟구쳤다. "야!" 하고 희철이 한 번 더 도발했을 때 준기가 심드렁한 목소리로 내뱉었다.

"정신 차려. 악마 타령 좀 그만하고."

온몸에서 맥이 탁 풀렸다. 희철은 바닥에 주저앉고 싶지 않아 방문 손잡이를 더 꽉 쥐었다. 고개를 돌려 거실을 보니 그새 깔끔해졌다. 부지런한 녀석. 미안한 마음과 서운한 마음이 뒤

섞여 이러지도 저러지도 못하는 희철을 준기가 힐끗 쳐다봤다.

"치킨 먹자, 반반으로."

그 말에 희철의 가슴은 안도감으로 차올랐다. 준기가 꽂은 화해의 깃발을 넙죽 받아야만 했다. 희철은 얼른 앱을 열고 치킨을 주문했다. 사람들이 희철을 악마의 자식이라 부르며 손가락질할 때 준기는 희철에게 손을 내밀었다. 그런데도 희철은 가끔 준기의 진심을 의심하고 추궁했다. 준기가 희철을 무서워하거나 이상하게 생각하지 않는 것을 알면서도 그랬다.

"부모는 부모일 뿐이고, 우린 우리 인생이 있는 거야."

이 말을 해 준 사람은 준기뿐이었고, 그 말을 듣자마자 희철은 깨달았다. 이 말을 아주 오래도록 기다려 왔다는 것을 말이다. 더불어 아직은 그 말을 믿을 수 없는 자신을 조용히 원망해야만 했다.

준기는 열심히 살았다. 부모가 물려준 가난을 물리치고 자기 인생의 주인이 되겠다는 말을 자주 했다. 주인이라. 그 단어가 거창하게 느껴져서 기가 팍 죽었지만, 그런 얘기를 준기한테 하지는 않았다. 희철은 마음이 조마조마할 뿐이었다. 세상이 준기의 기세를 꺾을까 봐, 그래서 준기가 자신처럼 씻을 수 없는 상처를 받을까 봐. 준기가 돈을 많이 벌지 않아도 좋았다. 그저 '주인'이라는 단어를 잃지 않기를 바랐다. 그게 희철이 준기에게 바라는 전부였다.

'준기한테 사랑하는 사람 있는 거 아니?'

보윤 샘의 말이 떠올랐다. 희철의 인생에서 준기를 보내 줘야 할 시간이 다가오고 있었다. 준기 없이 나는 홀로 이 세상과 맞서 싸울 수 있을까. 희철이 그런 생각을 하고 있을 때 치킨이 도착했다. 희철은 머릿속을 꽉 채운 생각을 떨쳐 내려는 듯 후다닥 현관문으로 달려 나갔다.

겨울

◆우재◆

아빠의 범죄로 우재의 세계는 산산이 무너져 내렸다.

옆 반인 3반에서 누가 휴대폰을 잃어버렸다. 그러자 3반 담임이자 수학샘이 교무실로 우재를 호출했다.

"야, 김우재. 네가 훔쳤어?"

뒷짐을 진 우재의 두 주먹이 부들부들 떨렸다. 평소 수학을 잘하는 우재를 특별히 아끼던 샘이었다. 담임이 다가와 아무 증거도 없이 이러면 곤란하다고 말하며 우재 편을 들어 줬지만 기분은 전혀 나아지지 않았다.

아빠가 저지른 사건의 재판이 시작되면서 학교 교문 앞에는 벌써 며칠째 취재진이 진을 치고 있었다. 우재가 그들과 마주치지 않으려고 어제부터 뒷문으로 나가거나 가장 낮은 쪽 담을 훌쩍 넘어 나가자 누가 꼰질렀는지 기자들은 뒷문과 담이 낮은 쪽에서 떡하니 대기했다. 고맙게도 교장과 생활지도부장 샘이 두 팔 벌리고 나서서 기자들을 내쫓는 데 열을 올렸지만 우재의 기분은 여전히 엿같았다.

체육 시간에도 아이들은 의도적으로 우재를 피했다. 모둠별로 수행 평가를 해야 하는 사회 시간에는 아무도 우재와 같은 모둠을 하고 싶어 하지 않았다. 유일하게 우재와 말을 섞는 아이는 지훈뿐이었다. 지난 학기에 우재가 받은 영어 에세이 대회 상을 취소해야 한다는 학부모들의 항의 전화가 빗발친다는 이야기를 들려준 사람도 지훈이었다.

매서운 눈길로 힐끔거리는 아이들 시선을 피하고 싶어 우재는 급식실 대신에 매점을 선택했다. 이런 와중에도 끼니 때마다 배가 엄청나게 고프다는 사실이 못마땅했지만 아침도 굶은 마당에 점심까지 굶을 수는 없었다.

우재가 매점에서 빵을 사서 나오는데 아이들이 순식간에 우재를 에워쌌다. 정신을 차리고 둘러보니 우재도 익히 알고 있는 무리였다. 어느 학교에나 있는, 몸집이 거대하고 주먹 좀 쓰는 애들이 모여 있는 그런 무리.

"김우재, 아빠 덕분에 유명인 돼서 좋~겠어?"

무리의 리더인 상훈이 자기보다 작은 우재를 내려다봤다.

"우리랑 친하게 지내고 싶지?"

우재는 긴장감에 뻣뻣하게 굳은 몸으로 조금 뒷걸음쳤지만 소용없었다. 옆도, 뒤도 모두 막혀서 도망갈 곳이 없었다.

"생각할 시간이 필요해?"

우재가 고개를 한 번 까딱거리자 상훈의 얼굴에 조소가 떠올랐다.

"아직 네가 덜 혼났나 보구나?"

상훈이 손을 번쩍 들어 올렸다. 뺨을 치려는 건가. 우재는 몇 번 눈을 깜박이기만 할 뿐 감지 않았다.

"좋아. 딱 하루 줄게. 오케이?"

상훈이 우재의 어깨를 팔로 감싸며 말했다. 우재를 둘러쌌던 원이 흩어졌다. 상훈을 앞세우고 애들이 줄줄이 복도를 걸어갔다. 그 무리의 뒷모습을 바라보다가 우재는 오른손에 꽉 쥐고 있던 빵을 내려다봤다. 우그러져서 속에 있던 크림이 튀어나와 볼썽사납고 지저분해진 빵을 보자 식욕이 싹 사라졌다. 우재는 빵 봉지를 그대로 쓰레기통에 던져 넣고 교실로 돌아왔다.

우재를 최악의 기분으로 몰아넣은 사람은 다름 아닌 지훈이었다. 지훈과는 반이 달라도 방학이면 수학 학원의 특강을 같이 듣거나 피시방에 같이 드나들었다. 우재는 수학과 게임을 좋아하는 지훈과 통하는 게 많았다. 배려심도 많은 아이여서, 우재가 학원에 다닐 여유가 없다는 사실을 알고는 인강 아이디와 비밀번호를 공유해 주거나 공짜 쿠폰이 날아오면 우재에게 넘겨주기도 했다.

점심시간이었다. 빈 교실에 우재 혼자 앉아 있었다. 우재가 점심시간을 교실에서 보낸다는 사실을 알고 있는 지훈이 우재 곁으로 다가왔다. 우재는 자기 옆자리에 앉는 지훈에게 생기 있는 표정을 보여 주고 싶었지만 그럴 수 없었다. 몇 달째 계속 몰려드는 일들로 우재는 정신이 하나도 없었고 마음까지 지쳐 있었다. 아무도 없는 빈 교실에 우두커니 앉아 아무 생각도 하지 않고 가만히 있는 것이 우재에게 유일한 휴식이었다.

"이번 겨울 방학 특강, 같이 못 들을 것 같아."

지훈은 다짜고짜 그렇게 말했다. 만약 지훈이 "겨울 방학 특강 들을 수 있니?"라고 물었다면 그럴 수 없을 거라고 대답했을 텐데. 그랬다면 우재의 마음이 덜 다쳤을지도 모를 텐데.

"그래. 알았어."

할 말이 더 남은 듯 지훈이 머뭇거렸다.

"말해."

지훈은 우재를 바라보지 않았다. 책상에 적힌 낙서만 물끄러미 주시했다.

"너한테 알려 준 인강 아이디 없앴어."

우재한테 알려 준 아이디를 없애고 다른 아이디를 만들었다는 뜻이었다. 새로 만든 아이디의 비밀번호는 알려 줄 수 없다는 말이겠지.

"알아들었어."

자리에서 일어나느라 지훈이 의자를 길게 끌었다. 끼익 하는 소리 때문에 우재는 기분이 더 비참해졌다. 지훈은 쭈뼛쭈뼛 서 있다가 마지막으로 말했다.

"미안해. 엄마가 하도 난리를 쳐서."

그랬겠지. 성적도 나쁘지 않고 수학 경시대회에서 상도 받는 자기 아들이 살인을 저지른 인간의 아들과 어울리는 꼴을 두고 볼 수 없으셨겠지. 너희 엄마 성격 잘 아니까. 우재가 솔직하게 이렇게 말했다면 지훈이 덜 미안해했으려나.

"맞다. 피시방 충전 시간 남은 건 너 가져. 어차피 앞으로 피시방 못 갈 것 같아서."

뭐냐. 이별 선물이냐. 그런 거 필요 없다고 말하려다가 우재는 그냥 입을 다문 채 고개를 주억거렸다. 더는 녀석과 말을 섞고 싶지 않았다.

지훈이 교실을 나가자마자 우재는 책상에 두 팔을 올리고 엎드렸다. 한바탕 울고 싶은 기분인지, 아니면 크하하 폭소를 터뜨리고 싶은 기분인지 헷갈렸다. 밀려드는 절망감에 정신을 차릴 수 없다가도 그 어느 때보다 머리가 맑고 깨끗했다.

눈을 감고 우재는 아빠를 떠올렸다. 우재는 아빠한테 자전거를 배웠다. 처음으로 두발자전거를 혼자 탈 수 있게 되었을

거울

때 우재는 세상을 다 가진 사람처럼 활짝 웃었다.

"아빠는 세상에서 우재가 제일 좋아!"

우재와 조금 떨어져서 자전거를 타며 아빠는 그렇게 외쳤다. 세상에 대고 첫사랑을 고백하는 사람처럼 아빠의 뺨이 벌겋게 물들었다. 전날 비가 내려 공기는 미세먼지 하나 없이 깨끗했다. 하늘은 높고 파랬다. 모든 것이 완벽하다고 어린 우재는 생각했다.

우재가 자전거를 탈 수 있게 되면서 아빠와 우재는 시도 때도 없이 자전거를 타고 달렸다. 햇살이 빼곡 내려앉은 길을 달려 나가며 우재는 소망했다. 이 길이 영원히 끝나지 않기를. 이렇게 아빠와 나란히 자전거를 타고 세상 끝까지 갈 수 있기를.

세상에서 우재가 제일 좋다고 고백했던 아빠가 갑자기 실종되더니 살인자가 되어 나타났다. 무엇보다 견딜 수 없는 일은 우재의 머릿속에 저장된 아빠와의 추억이 핏빛으로 물들었다는 것이다. 이제 아빠와의 추억은 산산조각 나 진창에서 뒹굴었다.

아빠는 나를 사랑하지 않는다. 그러니까 이런 일을 저지를 수 있는 거다. 그러니까 이런 일을 저질러 나를 이토록 엄청난 고통 속에 몰아넣을 수 있는 거다. 더 나쁜 것은 살인자인 아빠를 선한 사람으로 기억하는 나다. 아빠가 살인을 저지를 수 있다고 한 번도 상상한 적이 없는 내 판단력이다.

책상에 엎드린 채 우재는 괴로움에 찬 신음 소리를 냈다. 아이들이 하나둘 교실에 들어오는 소리가 들렸다. 어수선한 소리로 채워지는 기척을 느끼다가 우재는 자리에서 일어났다. 그러고는 가방을 챙겨서 교실 밖으로 달려 나갔다.

병원에 가려고 집을 나서는 길이었다. 우재는 여느 때와 마찬가지로 엘리베이터 대신 계단을 빠르게 내려갔다. 사람들과 마주치는 게 껄끄러워 엘리베이터를 타지 않은 지 꽤 됐다. 그때 계단을 올라오는 남자들과 마주쳤지만 별다른 주의를 기울이지 않았다. 이어폰으로 흘러나오는 음악을 흥얼거리며 그들을 힐끔 봤고 그 남자들도 무심한 얼굴로 우재를 스쳐 지나갔다.

— 가끔 피해자 가족들이 보복하기 위해 직접 공격을 해 올 때도 있다.

우재 머릿속에 문장 하나가 번뜩 떠올랐다. 희철이 전해 준 채움뜰 책자를 읽다가 '가해자 가족', '수용자 자녀' 같은 단어를 검색창에 넣어 본 날 맞닥뜨린 문장들 때문에 지나치게 예민해진 건가. 그 순간, 남자들이 급히 방향을 바꿔 다급하게 내려오는 발소리가 들렸다. 우재 몸속에 숨어 있던 동물적인 직감이 위험하다는 신호를 보냈다. 우재는 계단을 두 개씩 뛰어 내려갔다. 아파트 출입구를 빠져나오자마자 어금니를 꽉 물고 달렸다.

얼마나 달렸을까. 여긴 어디일까. 우재는 허리를 짚고 헉헉대며 가쁘게 숨을 몰아쉬었다. 그러다가 고물상이 있는 골목 쪽으로 가는데 그 어귀에 상훈의 무리가 보였다. 주머니에 손을 찔러 넣고 담배를 피우던 상훈이 우재에게 가까이 오라는 손짓을 보냈다. 죽도록 달리느라 우재는 목덜미까지 흥건히 젖었고 벌써 충분히 기분이 더러운 상태였다. 이 순간 상훈이 도발한다면 자기가 무슨 짓을 저지를지 알 수 없었다.

"와, 개소름. 우리 인연인가 보네."

인연 같은 소리 하고 자빠졌네. 우재는 들키지 않으려고 조심했지만 이미 비꼬는 듯한 표정을 짓고 있었다.

"마음의 결정을 하고 우리 아지트까지 직접 찾아온 건가?"

상훈이 담배를 바닥에 휙 던지고 신발로 자근자근 밟았다. 상훈 옆에 서 있던 애들 중 한 명이 소주를 병째로 들고 마셨다. 우재의 직감이 두 번째로 위험하다는 신호를 보냈다.

"아직 결정 못 했어."

우재의 대답을 듣고 상훈이 오만상을 찌푸렸다. 당장 뒤돌아 도망치라고 우재의 몸이 크게 외쳐 댔다.

"내일 보자."

이 말을 던져 놓고 우재가 몸을 뒤로 돌렸을 때 상훈이 소리쳤다.

"잠깐, 스톱!"

녀석의 목소리가 묵직하게 울렸다. 우재는 천천히 몸을 돌려 다시 상훈을 바라봤다.

"결정하기 쉽게 좀 도와줄까?"

우재는 천천히 고개를 가로저었다. 상훈이 고개를 까딱하자 기다렸다는 듯 애들이 우재한테 달려들었다. 한 애가 우재의 배를 발로 찼다. 다른 애는 우재의 팔을 거칠게 뒤로 꺾었다. 날카로운 비명을 삼키려 애쓰는 우재의 얼굴이 일그러졌다. 우재는 나름 강렬히 저항했다. 최대한 바르작거리며 몸을 빼내려 하면서 한 아이 무릎에 킥을 날렸다. 그 애가 비명을 지르며 바닥에 무릎을 꿇었다. 다른 애가 우재의 목을 부여잡고 우재를 바닥에 쓰러뜨렸다. 몸 위로 집요한 발길질이 이어졌다. 우재는 두 손으로 얼굴을 감쌌다.

휘익, 짧게 이어진 휘파람 소리를 신호로 발길질이 멈췄다. 우재 입에서 거친 숨이 불규칙하게 터져 나왔다. 우재는 간신

히 위를 올려다봤다. 상훈이 다가와 시야를 가득 채웠다. 학교
에서 봤을 때보다 녀석의 몸은 더 거대해 보였다. 상훈은 추악
한 미소를 지으며 우재의 오른손을 사뿐히 지르밟았다.

"어때? 결정이 쉬워졌지?"

몸으로 파고드는 날카로운 통증을 느끼며 우재는 킥킥대기
시작했다.

"크하하하!"

우재는 경기를 일으키는 것처럼 몸을 들썩거리며 웃어 젖혔
다. 상훈이 우재를 내려다보다가 코웃음을 쳤다.

"씨발, 이 새끼가 미쳤나."

아빠가 실종된 후, 가난했지만 우재는 늘 당당했다. 엄마의
헌신이 있었기에 가능한 삶이었다. 우재는 성실히 살았다. 학
교 수업 시간에 졸지 않고 집중해서 들은 덕분에 나쁘지 않은
성적을 유지했다. 그래서인지 반 아이들도 우재를 웬만큼 인정
해주는 분위기였다. 회장을 한다거나 동아리 리더를 맡은 적은
없지만, 아이들은 우재를 성격 좋고 성적도 괜찮은 아이로 인
식했다. 모둠 활동을 할 때면 같은 모둠이 되고 싶어 했고, 반
아이들과 두루 친한 편이라 인싸에 가까웠다.

그랬던 우재가 지금 한 마리 짐승처럼 바닥에서 밟히고 있
다. 아무리 발버둥 쳐도 헤어날 수 없는 거미줄에 걸린 벌레처

럼 우스워진 자기 운명이 가소롭고 얄궂었다. 이렇게 한바탕 웃지 않고는 견딜 수 없었다.

우재의 웃음소리가 상훈을 자극했다. 상훈은 허리를 수그려 우재의 멱살을 거칠게 잡았다. 억센 힘으로 우재를 일으켜 세우더니 손바닥으로 우재의 뺨을 사정없이 갈겼다. 우재의 고개가 홱 옆으로 돌아갔다. 시멘트 틈을 뚫고 자란 가녀린 꽃이 보였다. 희미하게 투명한 하얀 꽃잎이 지금 바로 사라질 것처럼 위태로워 보였다.

보고 싶어.

우재는 세빈을 생각했다. 자신을 향해 해맑게 웃어 주던 세빈을 떠올리자 살갗으로 파고드는 고통이 조금은 견딜 만해졌다.

하늘이 어스름해졌다. 상훈의 무리는 사라진 지 오래였고 고물상 문도 굳게 닫혔다. 우재는 꼼짝도 할 수 없었다. 바닥에 누운 채로 점점 시커메지는 하늘을 바라봤다. 추웠다. 완전히 식어 버린 몸 때문에 이가 딱딱거리며 부딪쳤다. 주머니에서 휴대폰을 꺼냈다. 액정이 깨져 있었다. 주소록에서 세빈의 번호를 잠깐 보다가 희철에게 전화를 걸었다. 우재는 간단히 상황을 전했고 희철은 당장 갈 테니 조금만 기다리라고 했다. 전화를 끊은 뒤 우재는 자기 운명처럼 점점 까맣게 변하는 하늘을 끈덕지게 바라보며 혼자 읊조렸다.

"얼마든지 기다리죠."

하늘이 완전히 어두워졌다. 멀리서 가느다란 불빛이 보였다. 희철의 휴대폰에서 나오는 불빛이 점점 커졌다. 희철이 우재를 발견하고는 달려왔다. 어떻게 할지 몰라 쩔쩔매다가 희철은 우재의 상체를 일으켜 세웠다. 그러고는 우재의 겨드랑이로 팔을 집어넣었다. 끙, 하는 소리와 함께 희철이 일어섰고, 희철의 몸을 지렛대 삼아 우재도 다리에 조금씩 힘을 줬다.

"걸을 수 있겠어?"

천천히 걸어가는 우재의 입에서 희미한 신음이 새어 나왔다. 우재와 희철은 어두운 길을 조용히 나아갔다. 여기까지 달려오느라 땀 흘린 희철 덕분인지 아까 느꼈던 한기가 거짓말처럼 사라졌다.

"나도 겪어 본 일이야. 피해자가 여럿이라 존나 엿같지."

우재는 피해자 가족이 아니라 학교 애들한테 당한 거라고 말하지 않았다.

"위로받으라고 하는 말 아니죠?"

우재의 대꾸에 희철은 피식거렸다.

"죽기 전까지 맞아 놓고 아직 살 만한가 보네?"

그 말에 우재도 웃고 싶었지만 입가와 눈가가 찢어져 그럴 수가 없었다.

"세상 끝까지 도망치고 싶은데 도망갈 곳이 없을 땐 어떡해
야 돼요?"

"집에 숨으면 돼. 근데 비추야."

"왜요?"

"계속 집에만 숨어 있다 보면 깨닫게 되거든. 여기가 세상
끝이라는 사실을."

희철의 숨소리가 조금씩 거칠어졌다. 가로등 불빛이 희미하
게 보이는 곳으로 접어들었다.

"편의점 알바 가야 하는데."

"이 꼴로?"

희철이 나이 많은 아저씨처럼 혀를 끌끌 찼다.

"오늘은 내가 땜빵 해 줄게."

"정말요?"

불쑥 세빈이 생각이 다시 났다. 무슨 말만 하면 세빈은 순진
한 얼굴로 되물었지. '와, 정말요?'

"오늘 하루만이야."

"고맙습니다."

"야, 그 말 하지 마."

"왜요?"

"나 그 말에 무지 약해."

"아, 아킬레스건 같은 거?"

"뭔 소리?"

우재는 또 낄낄거리고 싶었지만 그러지 못했다. 희철과 함께 큰길로 나온 우재는 가로등 불빛에 눈을 찌푸렸다. 알바 시간이 촉박하다고 말하자 희철은 택시를 잡아탔다.

편의점 앞에 도착한 택시에서 우재가 내리려 하자 희철이 말렸다.

"집까지 이거 타고 가."

"요금 많이 나와요. 걸어갈게요."

"괜찮겠어?"

택시를 타고 오는 동안 회복된 건지, 애들이 다리보다 팔과 배를 더 건드려서 그런지 걸을 만했다. 우재는 희철과 함께 편의점으로 들어가 몇 가지 수칙과 요령을 전달했다. 사장에게 전화를 걸어, 피치 못할 사정 때문에 오늘만 친구가 대신 일하기로 했다는 말도 잊지 않았다.

편의점을 나와 세빈과 함께 봉사 활동을 했던 도서관을 지날 때였다. 낯익은 실루엣이 다가왔다. 세빈이었다. 혹시라도 아파트 주변에서 마주칠까 봐 그토록 조심하면서 피해 다녔는데, 하필 얼굴 꼴이 이럴 때 세빈과 마주치다니. 세빈이 자기 얼굴을 자세히 보기 전에 우재는 몸을 휙 돌렸다.

"선배!"

세빈이 간절한 목소리로 우재를 불렀다. 우재는 세빈이 자기 쪽으로 다가오는 소리를 들었다.

"거기 서!"

우재의 날카로운 목소리에 세빈이 우뚝 멈췄다.

세빈아. 더는 다가오지 마. 안 돼.

"선배, 잠깐 얘기 좀 해요. 네?"

세빈을 향해 몸을 돌리고 싶은 마음을 우재는 간신히 눌렀다. 이대로 세빈에게 달려가 손을 뻗고, 아프고 힘든 나를 바라봐 달라고 하고 싶었지만 안 될 말이었다. 지옥의 구렁텅이를 헤엄치고 있는 자신을 바라봐 달라고 할 수는 없었다. 자기가 겪고 있는 고통이 세빈에게 전염된다면 우재는 몇 배로 더 괴로울 테니까.

"꺼져. 너랑 할 얘기 없어."

이렇게 툭 던지고 우재는 앞으로 나아갔다. 세빈이 자기를 따라오면 어쩌나 걱정하는 마음과 몇 걸음이라도 자기에게 가까이 오지 않을까 기대하는 마음이 어수선하게 교차됐다. 세빈과 멀어질수록 마음은 안도감과 함께 밀려드는 절망감으로 묵직하게 뻐근했다.

이럴 줄 알았으면 너에게 고백이라도 할걸. 뻥 차여도 좋으니 좋아한다고. 너와 함께한 모든 순간이 행복했다고 말이라도 할걸.

　싸늘한 바람이 불었다. 몸이 덜덜 떨려 왔다. 컴컴하고 아득한 밤거리를 우재는 꾸역꾸역 걸어 나갔다.

✦희철✦

여소준 교수가 일하는 연구소 건물 앞에 서서 희철은 무작
정 기다렸다. 밖에서 기다리기에 날씨가 쌀쌀한 편이었지만 상
관없었다. 저녁 여섯 시쯤, 추위를 몰아내려고 제자리 뛰기를
하고 있는 희철을 교수가 발견하고 다가왔다.

"오늘 우리 밥 먹기로 했었나요? 요즘 정신이 없어서."

희철은 고개를 천천히 가로저었다.

"그럼 무슨 일이죠?"

"맛있는 거 얻어먹고 싶어서요."

희철의 말을 실없는 농담으로 받아들였는지 교수는 희미하
게 웃고는 주차장으로 걸어갔다. 희철은 교수 뒤를 따라가면서
질문을 쏟아냈다. 학기가 언제 끝나는지, 강의가 끝나면 좀 한

가해지는지 궁금했다.

"성적을 매겨야 해서 강의가 끝나도 한동안 바쁘죠. 그런데 그건 왜 묻죠?"

"그냥요."

교수가 차 문을 열고는 운전석에 탔고 희철은 보조석에 올라탔다. 교수는 고개를 살짝 옆으로 돌려 희철을 건너다봤다.

"갈빗살 좋아해요?"

"고기면 다 좋죠."

희철은 멍청한 미소를 지었다. 희한하게도 교수 앞에 있으면 희철은 어린아이가 되었다. 무슨 말을 해도 반응이 거의 없는 교수의 무표정한 얼굴이 안도감을 줬다. 교수의 연락을 받고 두 번 정도 더 뇌를 검사하는 실험에 참여했었다. 사례비도 괜찮았고, 무엇보다 실험에 참여하러 오면 교수는 저녁을 사줬는데 그게 마음에 들었다.

마블링이 완벽한 고기를 불판에 올리는 손길을 희철은 넋 놓고 바라보았다. 아름답다. 지글지글 고기 익는 소리가 완벽한 하모니로 들렸다. 따뜻한 불판 앞에 앉자 몸이 녹으면서 콧물이 흘렀다.

고기를 입에 넣으며 희철이 물었다.

"교수님 강의 청강해도 돼요?"

"영어 좀 합니까?"

되묻는 교수의 질문에 희철은 입을 삐죽였다.

"못 하는데요."

"그럼 힘들지 않을까요? 강의를 영어로만 하거든요."

"헐, 잘난 척 오지네요."

희철은 코를 한 번 훌쩍였다. 교수가 무심한 투로 말해서 기분이 좀 상했다.

"교수님은 저 무섭지 않아요? 왜 저를 안 피해요?"

교수가 게슴츠레한 눈빛으로 희철을 잠시 건너다봤다. 희철이 사이다를 한 모금 마시는 사이 교수는 잘 구워진 고기를 입에 넣었다.

"내가 무서워해야 합니까? 뭣 때문에?"

"사람들은 절 피하거든요. 살인자 자식이라고 재수 없어하고."

"그쪽이 잘못한 거 아니잖아요."

그쪽이라는 말 대신에 이름을 불러 줬다면 더 좋았을 텐데. 언젠가는 바뀌 버릴 임시 이름이라고 해도.

"뇌는 놀랍도록 효율성을 추구합니다. 그래서 색안경 끼고 사람을 판단해 버리죠. 이제까지 모아 둔 근거로만 보고 분류하면 편하거든요. 그게 뇌의 속성이니 노력해야죠."

"뭘 노력해요?"

"선입견에서 벗어나려는 노력. 그리고······."

희철은 교수 입에서 무슨 말이 나올지 궁금해하며 교수의 얼굴을 힐끔거렸다.

"그쪽과 아버지를 떨어뜨려서 보려는 노력이요."

오. 희철은 좀 감동받았다. 참 이상했다. 교수는 준기와 달리 잔정이 없는 사람 같았는데, 희철은 그런 점이 서운하지 않고 외려 더 편했다. 온기가 묻어 있지 않은 말투가 가식적이지 않아 좋았고, 희철의 안부를 시시콜콜 묻지 않는 쿨함에 자꾸 끌렸다.

그렇게 말해 줘서 고맙네요, 라고 말하고 싶었지만 가만있었다. 입이 떨어지지 않았다. 희철이 지금 무슨 생각을 하는지 별로 관심이 없다는 얼굴을 하고 교수는 고기를 빠른 속도로 먹어 치웠다. 교수는 먹성이 대단했다. 마른 몸만 보면 상상이 가지 않을 정도의 대식가였다. 지난번에는 닭갈비 3인분을 혼자서 다 먹었다.

"그렇게 많이 먹는데 어떻게 살이 안 쩌요?"라고 물었더니 교수는 조용히 대답했다.

"뇌가 얼마나 많은 에너지를 필요로 하는지 사람들은 잘 모르더라고요. 탄수화물을 비롯한 갖가지 영양소를 골고루 탐하는 조직이 뇌인데. 그래서 저는 강의를 앞두고는 최대한 넉넉히 먹습니다."

두 사람은 고기 6인분을 깨끗이 비우고는 부풀어 오른 배를 기분 좋게 두드렸다. 오랜만에 자판기 커피가 먹고 싶다는 교수의 말에 희철은 벌떡 일어났다. 계산대 옆에 놓인 커피 머신에서 커피 두 잔을 뽑았다.

희철은 느긋하게 커피 마시는 척을 하며 교수의 얼굴을 뜯어봤다. 안경이 참 잘 어울리는 얼굴이다. 스마트함과 똑똑함이 철철 흘러넘치는 인상이다. 아주 꼬맹이 때부터 안경을 쓰지 않았을까 어림짐작을 해 본다.

"질문이 있는데요."

커피를 한 모금 남기고 희철이 입을 뗐다. 교수는 얼마든지 물어보라는 듯 희철을 가만히 바라봤다.

"사이코패스의 뇌는 어디까지 연구됐어요?"

교수는 종이컵을 내려놓은 뒤 조곤조곤 설명을 이어 갔다. 교수 말에 따르면 사이코패스의 뇌 연구는 아직 초기에 불과했다. 다만 몇 가지 특징을 발견했는데, 우선 사이코패스의 뇌는 안와 윗부분의 활동이 저조하다고 한다. 대상피질과 측두피질을 연결하는 뇌섬엽도 기능이 저하되어 있어 스트레스나 불안을 잘 느끼지 않는다. 전두엽이 손상되면 감정적으로 무뎌진다.

감정 처리를 담당하는 해마의 양쪽 크기가 다를 수 있다. 세로 토닌 전달 체계에 이상이 있을 수도 있고 도파민이 과다 방출될 수도 있다. 어쨌든 살인자를 만드는 유전자나 염색체가 따로 있지 않다는 것이 중론이란다. 오히려 폭력적이지 않은 범죄일수록 유전의 영향이 크다는 연구 결과가 많다. 그 말은 뇌의 특정 부위에 악마의 영역이 따로 있지는 않다는 뜻이다.

"fMRI가 등장하면서 뇌의 활동을 직접 관찰하고 기록하는 스캐닝 연구가 활발히 이뤄지고 있지만 뇌는 여전히 비밀투성이죠. 근데 이런 이야기들이 재밌나요?"

"무지 재밌어요."

희철의 대답을 듣고 교수는 호기심이 어린 눈으로 신기하다는 듯 희철을 잠깐 바라봤다. 그러더니 교수는 목소리를 낮추고 입을 열었다.

"고백할 게 하나 있습니다."

교수는 시선을 내려 커피가 약간 남은 종이컵을 응시했다.

"내 어머니도 교도소에 있어요."

교도소라는 단어 때문일까. 갑자기 가슴이 울렁거렸다. 희철은 다 식어 빠진 커피를 입에 털어 넣었다.

"사기 전과 8범. 말 그대로 잡범이라 상황은 다르지만 아주 조금은 그쪽 마음을 알 것 같아서요."

아무렇지 않은 표정을 유지하고 싶었지만 길게 숨을 내뱉는 희철의 얼굴이 제멋대로 일그러졌다. 희철은 두 손을 마주 잡고 손톱으로 손바닥 살을 깊이 파기 시작했다.

"남들 몇 배로 노력했어요. 잠도 거의 안 자면서 살았어요. 실력으로 보여 주면 어머니의 죄목을 들먹이지 않겠지. 그 희망 하나로 버텼고요. 그리고 보시다시피 지금 잘 살고 있어요."

어린아이처럼 울음이 터져 나오려 했다. 그걸 참으려고 희철은 입안의 살점을 세게 깨물었다.

"정신 똑바로 차리면 버틸 수 있습니다. 아버지를 놓아줘요. 과거에 사로잡혀 사는 거, 사람 할 짓이 못 돼요. 경험자 말이니까 믿어요. 아버지를 붙들 수 있는 사람도, 놓을 수 있는 사람도 그쪽밖에 없어요."

눈이 아니라 가슴 깊은 곳에서 눈물이 차올랐지만 희철은 울지 않았다. 이런 느낌은 태어나 처음이었다. 여소준 교수의 말이 암흑 속의 한 줄기 빛처럼 느껴졌다. 단 한 사람을 위한 빛이 세상에 있다고 들었지만 믿지 않았다. 그런 신기루에 기댈 만큼 순진하지 않았다. 그런데 교수의 말에서 찬란한 빛이 쏟아졌다. 그 빛을 따라가면 뭔가 달라질 수 있으리라는 희망을 품고 싶어졌다. 간절히.

아빠 때문에 소중한 사람을 빼앗긴 이들에게 희철은 당장 세상에서 사라져야 할 죄악 그 자체였다. 그 증오의 눈빛, 날 선 목소리, 흥건한 침과 함께 저주를 퍼붓는 단어들에 몸과 마음이 으스러지기 일쑤였다. 나도 아빠 때문에 삶을 송두리째 빼앗긴 또 다른 피해자라는 말이 차마 입 밖으로 나오지 않았다. 나도 아프고 힘들다는 말은 꺼낼 수조차 없었다.

식당을 나와 여소준 교수와 헤어졌다. 자기 차로 걸어가는 교수의 뒷모습을 멀거니 바라보며 희철은 생각에 잠겼다. 저 사람은 교수라는 직업에 걸맞은 풍족한 환경에서 자랐을 거라고 굳게 믿었다. 온화한 부모의 사랑과 전폭적인 지지를 받으며 저 자리에 올랐으리라고 확신했다. 사람들이 자신을 살인자의 아들이라는 프레임으로 바라본 것처럼 자신 또한 교수를 세상이 만들어 놓은 프레임으로만 바라본 것이다. 아무렇지 않게 자기도 겹겹이 쌓인 편견으로 사람들을 바라보고 판단했으면서 사람들이 자신을 편견으로만 판단할 때마다 억울해하고 울분에 찼다는 사실이 뼈아팠다. 교수 차가 눈앞에서 멀어졌을 때 희철도 뒤돌아 걷기 시작했다.

희철은 우재의 편의점 알바를 이틀 더 도와줬다. 교대 시간에 맞춰 다른 알바생이 도착하자 희철은 간단히 인수인계를 하고 편의점을 나왔다. 버스 정류장 쪽으로 가다가 근처를 서

성이고 있는 우재를 발견했다. 아무래도 자기를 만나러 온 듯
했다.

희철을 발견한 우재가 희철 쪽으로 다가왔다. 우재는 쭈뼛
거리다가 말을 꺼냈다.

"시간 좀 있어요?"

희철은 가볍게 고개를 까딱했다. 우재가 뒤돌아 걸어갔다.
희철은 조용히 우재 뒤를 따랐다. 무슨 일이길래 우재가 자신
을 기다리고 먼저 다가와 말까지 걸었을까. 짐작 가는 일이 있
었지만 희철은 묵묵히 걷기만 했다.

우재는 동네에 있는 공원으로 발길을 옮겼다. 등나무 벤치
에 앉자마자 우재는 주머니를 뒤적여 봉투를 꺼냈다. 이게 뭔
데, 라는 표정으로 희철이 눈을 멀뚱멀뚱 뜨고만 있었더니 우
재는 냉큼 희철의 외투 주머니에 봉투를 찔러 넣었다.

"알바비요."

"야, 됐어."

"되긴 뭐가 돼요. 계산은 철저히 해야죠."

희철은 우재의 얼굴을 한참 쳐다봤다. 우재의 날렵한 턱선
과 살짝 위로 올라간 눈꼬리가 딱 보기에도 예민하거나 공격적
인 인상을 풍겼다. 사람을 여럿 죽인 연쇄 살인범 아들에게 어
울릴 법한 얼굴이었다. 그에 반해 희철은 자기 얼굴이 날렵하

지도, 공격적으로 보이지도 않는다는 사실을 잘 알았다.

"저 결정했어요."

날카로운 얼굴선과 달리 우재의 목소리는 묵직하게 울려 퍼졌다. 희철은 우재가 다음 말을 할 때까지 기다렸다.

"면회, 가고 싶어요."

희철은 도화지처럼 창백한 우재의 얼굴을 가만히 바라보기만 했다.

"도와줄 수 있다고 했죠?"

우재의 목소리가 가늘게 떨렸다. 너는 진심으로 아빠가 보고 싶구나. 아마 네게는 아빠와 함께한 추억이 몇 가지쯤 있을 테지. 아빠라는 단어를 내뱉을 때 숨이 갈비뼈에 턱 걸릴 만큼 소중한 감정이 있을 거야. 그게 얼마나 부러운지 너에게 말할 수 있는 날이 올까.

"재밌는 이야기 해 줄까?"

희철의 갑작스러운 질문에 우재는 희철을 힐끔 돌아다봤다.

"지난번에 네가 그랬지. 내가 십자가 귀고리 안 뺄 것 같다고."

희철은 가만히 주머니에 손을 집어넣었다. 우재가 주머니에 찔러 준 봉투 표면이 만져졌다.

"열 살 때였을 거야. 아빠가 오랜만에 집에 들어왔는데 양말에 핏방울이 묻어 있더라. 무서웠어. 언젠가는 아빠가 날 죽이

겠구나. 그런 생각이 밀려들데? 아빠가 양말을 아무 데나 던지
고는 욕실로 들어갔어. 텔레비전을 보며 몸을 웅크리는데 서랍
장 밑에서 뭐가 반짝 빛나는 거야. 기어가서 봤더니 작은 십자
가야. 엄마가 실수로 떨어뜨린 것 같았어. 십자가를 손에 쥐고
엄마가 외던 주기도문을 외웠어. 신을 믿지도 않으면서 간절히
빌었던 것 같아. 뭐라도 좋으니 나를 좀 지켜 달라고."

주머니 속에서 봉투를 꽉 움켜쥐자 바스락 하는 소리가 들
릴 것만 같았다.

"학교를 자퇴하던 날 바로 귀를 뚫었어. 그리고 공예방에 찾
아가 십자가를 귀고리로 만들어 달라고 했지."

우재가 턱을 비스듬히 꼬더니 손가락으로 코를 문질렀다.

"요점이 뭐예요?"

그 물음에 희철은 웃음이 터져 킬킬거렸다. 이렇게 보면 봄
에 피는 꽃처럼 한없이 연약해 보이고 저렇게 보면 날카로운 칼
처럼 강해 보이는 녀석. 자기와 비슷한 처지라고 하기에는 몹
시 부러운 녀석.

"요점은…… 아버지를 만나고 싶어 하는 네가 부럽다는 소
리지."

"그게 뭔 소리예요?"

"됐고. 채움뜰 가 보자."

희철은 벤치에서 일어나 손바닥으로 엉덩이 부분을 털었다.

"지금요?"

"거기 샘들 늦게까지 사무실에 계셔."

이번에는 희철이 앞장섰다.

둘은 버스를 타고 가는 동안 아무 대화도 나누지 않았다. 각자 자기 쪽 창밖만 내다봤다. 그런데도 이상하게 희철은 우재와 많은 대화를 나눈 듯한 느낌이 들었다.

희철의 예상대로 사무실에는 보윤 샘이 있었다. 보윤 샘은 진심으로 우재를 반갑게 맞았다. 이야기도 잘됐다. 우재 아빠는 지방 구치소에 있었다. 면회를 가려면 비용이 꽤 드는데, 채움뜰에서 지원할 수 있다고 했다. 면회 신청에 필요한 것들도 알아봐 준다는 샘의 말에 우재 표정이 한결 부드러워졌다.

보윤 샘은 컵라면이랑 핫초코를 먹고 가라며 희철과 우재를 붙잡았다. 그러잖아도 허기가 졌던 터라 희철은 마다하지 않았다. 난방비를 아끼려고 해서 그런지 사무실 안이 바깥보다 더 추웠다. 뜨거운 국물이 들어가면 몸이 좀 녹을 것 같았다.

"다음엔 샘이 치킨 사 줄게."

샘이 눈을 찡긋하면서 희철에게 말했다.

"진짜죠?"

샘이 전기 주전자에 물을 붓자 우재는 자리에서 일어나 재

바르게 움직였다. 사무실 한 귀퉁이에 있는 컵라면 포장을 능숙하게 뜯은 뒤, 샘이 내민 핫초코 분말을 종이컵에 담았다. 우재의 바지런한 손놀림을 지켜보다가 희철은 깜짝 놀랐다. 우재가 친동생이라도 되는 듯 뿌듯해하고 있었기 때문이다. 우재가 야무지게 행동할 때마다 흐뭇해하고 우재가 안 좋은 일을 당하면 속이 뒤집어지는 스스로가 몹시 낯설었다.

"알바를 한다더니 우재가 야무지네. 일도 잘하고."

보윤 샘 칭찬에 희철은 자기도 모르게 그죠 그죠, 라고 대꾸할 뻔했다. 컵라면이 익을 동안 샘은 우재에게 이것저것 질문했고 우재는 똑 부러지게 대답했다. 얼추 익은 라면을 한 입 먹고 국물을 마시자 몸이 녹았다. 희철은 마음이 포근해지고 기분이 살짝 좋아진 것을 느꼈다.

"샘, 저 우재랑 살까요?"

보윤 샘은 핫초코를 마시다가 눈을 동그랗게 떴다.

"우재는 어머님이랑 살아야지."

"아, 그렇구나."

희철은 멍청하게 웃다가 면발을 후루룩 입에 욱여넣었다. 우재도 조용히 라면을 먹었다. 먹은 것을 정리하고 샘에게 몇 가지 당부를 들은 뒤에 채움뜰을 나섰다.

사무실에서 정류장까지 이어진 길을 걸을 때 우재가 입을 열었다.

"같이 살자는 말 농담이죠?"

농담 아닌데. 진심이었는데. 희철은 뭐라고 대꾸할지 몰라 저벅저벅 걷고 있는 두 발만 내려다봤다.

"다시는 그런 농담 하지 마요. 재미도 없고, 소름만 돋고."

희철이 발을 멈췄다. 덩달아 우재도 멈춰 서더니 바지 주머니에 두 손을 찔러 넣었다.

"소름?"

희철은 자기와 몇 발짝 떨어진 곳에 서 있는 우재를 노려봤지만 우재는 바닥을 내려다보며 신발 앞코로 바닥을 찧었다.

"피해자 가족들이 수시로 온다면서요? 피해자가 여러 명이라 좆 같다면서요?"

고개를 든 우재의 시선이 희철의 눈빛과 맞닿았다. 달빛을 받은 우재의 눈동자는 이상할 정도로 빛났다. 그 눈빛에 분노, 원망, 불안, 그리움, 미움 같은 온갖 감정이 용광로에 있는 쇳물처럼 펄펄 끓어 일렁였다.

"살인자 아들들이 한집에 살면 사람들이 뭐라고 할지 상상이 안 가요?"

참 희한한 녀석이다. 하염없이 도와주고 싶은 마음이 샘솟게 하더니 절대 누르면 안 되는 공격 버튼을 누르려고 작정한 사람처럼 냉정한 말을 쏟아 낸다. 필터를 전혀 거치지 않은 공격적인 말이 이어지자 희철의 몸이 뜨겁게 달아올랐다.

"그만해라."

"쳇, 동네 사람들한테 쫓겨나는 건 시간문제겠지."

희철은 우재에게 달려들었다. 순식간에 희철의 두 손이 우재의 멱살을 꽉 움켜쥐었다.

"그만, 하라고, 했다."

우재의 눈동자에 조소와 냉소가 넘쳐흐른다. 그때 희철은 꽉 잠긴 우재 목소리를 듣고야 만다.

"한 대 쳐 주면 난 땡큐지."

모든 것을 체념한 눈빛과 몸짓. 희철의 머릿속에 자기가 당했던 장면이 떠오른다. 자기 목을 거칠게 틀어쥔 남자의 분노를 고스란히 느끼다가 이렇게 죽는 것도 나쁘지 않겠다고 생각했던 순간도. 지금 우재가 보여 주는 몸짓이 그때 자신의 몸짓과 오버랩된다.

희철은 멱살 잡았던 손을 천천히 풀었다. 당장 쓰러질 것 같은 몸에서 남은 힘을 짜내 우재를 밀어 냈다. 그길로 희철은 달렸다. 세상 끝까지 달릴 기세로 도망쳤다. 어디든 좋으니 온몸을 숨기고 세상에서 사라지고 싶었다. 어느 후미진 골목 어귀에 다다라서야 희철은 멈췄다. 벽에 등을 기대고 스르르 주저

앉았다. 차가운 공기를 뚫고 하얀 입김이 쉴 새 없이 뿜어져 나왔다. 쫙 펼친 두 손을 내려다봤다. 가로등 불빛을 받은 손바닥이 점점 핏빛으로 물들었다. 핏방울을 털어 내려는 듯 희철은 손을 마구 비비고 문댔다.

가쁜 숨을 내뱉으며 희철은 자기 두 손을 외투 주머니에 감췄다. 아무도 이 피를 목격하지 못하도록. 아무도 이 피 냄새를 맡지 못하도록. 아빠 양말에 묻어 있던 핏방울을 생각했다. 사람을 죽이고도 태연한 얼굴로 매운 라면을 먹던 아빠를 떠올렸다.

씨발, 또 아빠 생각을 하고 있어.

희철은 눈을 감고 뒤통수를 벽에 찧었다. 이대로 머리가 터져 버리면 좋겠다는 심정으로 사정없이 짓찧었다.

'아버지를 놓아줘요.'

여소준 교수의 목소리가 들렸다. 이제야 조금 알 것 같다. 아빠를 놓지 못한 사람은 아빠가 아니라 자신이었다.

깊이 파 놓은 증오의 계곡에서 허우적대는 한 달라지는 일은 아무것도 없다는 것을 희철은 어렴풋이 깨닫고 있었다. 더는 이 구덩이에서 자신을 방치하고 싶지 않았다. 먼저 떠난 엄마를 위해 그리고 아직 살아가야 할 시간이 많이 남은 자신을 위해 달라지고 싶었다. 아빠에게서 벗어나고 싶었다.

겨울의 끝

◆우재◆

우재는 인터넷으로 이조식에 관해 샅샅이 조사했다.

이조식은 7년에 걸쳐 연쇄 살인을 저질렀다. 피해자의 신상에는 아무런 공통점이 없었고, 현장에 남은 공통점은 단 하나였다. 피해자 얼굴에 뒤집어씌운 검은 비닐봉지. 그것이 살인자의 시그니처였다. 그것을 제외하면 현장은 각양각색이었다. 연달아 같은 방식으로 살인을 저지르면 자기 정체가 금방 들통날 것이라 생각한 걸까. 이조식은 피해자의 두 손을 묶어 제압한 다음 피해자를 죽이기 전 얼굴에 비닐봉지를 씌웠다. 살해한 뒤에는 손가락을 훼손해 지문을 통한 신분 확인을 어렵게 만들었다.

이조식은 CCTV가 지금처럼 많아지기 전에 범죄를 저질렀다. CCTV가 우후죽순으로 설치되고 과학 수사 기법이 발달하자 얌전히 몸을 움츠리며 상황을 관망했다. 살인을 더 저지르지만 않으면 자신의 여생은 무사할 거라고 생각했겠지. 과거에 살인을 저지를 때 남긴 유전자 한 조각이 자신의 발목을 잡을 줄은 꿈에도 몰랐을 테니까.

인터넷에 범람하는 자료를 읽으며 우재는 솔직히 인정해야만 했다. 이조식한테 관심을 두는 자기의 진짜 속마음을. 아빠를 만나기 전에 일말의 희망이 필요했다. 아빠보다 더 괴물 같은 인간이 있다는 사실이 한 줌의 위안이 되었다.

이조식. 그리고 이조식 아들 이희철. 희철을 떠올리자 우재는 가슴 한구석이 답답해졌다. 희철에게 해서는 안 되는 말을 했다. 희철을 열받게 하려고 일부러 말도 안 되는 소리를 지껄였다. 누구라도 좋으니 자기 인생을 끝장내 줬으면 하는 은밀한 마음이 희철을 도발하게 이끌었다. 목적을 이루기 위해 희철을 이용한 셈이었다.

고속버스 터미널에서 보윤 샘을 만났다. 간단히 김밥을 사 먹고 버스에 올랐다. 거창은 생각보다 멀었다. 아빠가 있는 곳이 가까워질수록 우재의 심장은 주체할 수 없이 떨렸다. 아빠를 보고 싶다는 마음과 아빠에게 가장 상처 되는 말을 해 주고 싶은 마음이 공존했다.

우재는 일반 접견을 신청했다. 가족 접견은 주말에만 가능했다. 접견 과정은 꽤 복잡했다. 채움뜰 선생님들과 보윤 샘이 자세히 알려 주고 적극적으로 도와줬다. 교통비도 지원해 주었다. 면회 대기실은 사람들로 붐볐다. 필요한 절차를 보윤 샘이 밟는 동안 우재는 의자에 앉아 손을 마주 비볐다. 손바닥에 자꾸 땀이 찼다. 면회를 기다리는 일 분 일 초가 몹시 느리게 흘렀다. 아무리 물을 마셔도 입안이 바짝 말랐다.

아빠 이름 대신 수감 번호가 불렸다. 면회실로 아빠가 들어설 때 우재는 자기도 모르게 자리에서 일어났다. 죄수복을 입은 아빠 모습이 생경했다. 아빠 얼굴은 우재의 기억과 달랐다. 우재가 마지막으로 본 얼굴보다 더 누르께하고 눈동자는 퀭했다. 그사이 몸은 더 야위었다. 아빠는 물기가 전혀 없는 북어 같았다.

우재는 아빠를 부르지 못했다. 다만 아빠에게 더 다가가고 싶어 강화 플라스틱 창에 손바닥을 갖다 댔다. 그러나 아빠는 우재에게 다가오지 않았다. 의자에 앉은 채로 꼼짝도 하지 않았다. 우재의 눈길을 피하기 바빴다.

"미안해. 아빠가, 미안해."

아빠는 미안하다는 말만 중얼거렸다. 우재는 안타까운 눈길로 아빠를 하염없이 들여다봤다. 아빠는 떨고 있었다. 아빠 눈에서 눈물이 흘렀다.

"엄마도 오고 싶어 했는데 아직 몸이 좀 그래서."

여전히 아빠는 우재를 바라보지 못한 채 눈물만 흘렸다. 우재는 아빠의 눈물을 의심했다. 착한 척 또 위장하고 있는 건지도 몰라. 의심하는 동시에 우재는 창을 뚫고 아빠 곁으로 가 떨고 있는 몸을 두 팔로 안아 주고 싶었다.

"우재야, 아빠는 죽었다고 생각해."

여기에 오기 전부터 우재는 다짐했다. 절대로 눈물을 보이지 않겠다고. 그 결심을 비웃는 듯 우재의 눈이 벌겋게 충혈되어 갔다.

"네 인생만 생각해. 엄마만 생각해."

아빠는 얼굴에 흐르는 눈물을 손바닥으로 벅벅 문지른 뒤 그제야 우재를 바라봤다. 우재를 바라보면서 아빠는 조금 전보다 더 많은 눈물을 흘렸다.

"약속해. 면회도 오지 말고 편지도 하지 마. 다 잊고 살아."

아빠를 원망하려고 왔다. 어떻게 그렇게 이기적일 수 있느냐고 따져 물으러 왔다. 아빠가 저지른 짓 때문에 엄마와 내가 얼마나 고통스러운지 아느냐고, 안다고 말하면 아는 사람이 왜 그런 짓을 저질렀느냐고, 제정신이냐고 고래고래 고함을 지르려고 했다. 아빠가 내 아빠라는 사실이 부끄럽고 치욕스러워

매 순간 고통스럽다는 말을 해 주려고 했다. 어떤 말을 해야 아빠 가슴에 못이 될지, 평생 가슴을 치며 두고두고 아파할지, 우재는 너무나 잘 알았으니까.

"알았어."

"약속한 거다?"

그런데 아빠는 이미 지옥 한복판에서 자기 가슴에 상처를 내며 살고 있었다. 어쩌면 우재보다 더 큰 고통 속에 지내는지도 몰랐다.

"샘, 저 먼저 나갈게요."

면회실까지 동행해 준 보윤 샘에게 그 말을 남기고 우재는 면회실 밖으로 튀어 나갔다. 오후의 찬란한 빛이 가득 쏟아지고 있는 복도에 서서 우재는 꺼이꺼이 통곡했다. 그러면서 우재는 비로소 자기 마음에서 올라온 목소리를 들었다. 우재가 아빠를 만나러 먼 길을 온 진짜 이유는 따로 있었다. 아빠가 세상에서 가장 좋아하는 사람이 여전히 내가 맞는지 확인받고 싶었다.

"우재야."

우재를 따라 복도로 나온 보윤 샘이 천천히 다가와 우재를 껴안았다. 우재는 보윤 샘 품에 안겨 오래도록 참아 온 울음을 마음껏 터뜨렸다.

고속버스를 타고 올라오는 길, 샘은 휴게소에서 사 온 빵을 우재에게 내밀었다. 우재는 빵을 손에 쥔 채 창밖으로 눈을 돌렸다. 배가 전혀 고프지 않았다. 사위가 점점 어두워졌다. 우재는 까맣게 내려앉는 어둠을 하염없이 응시하며 아빠에게 미처 하지 못한 말을 조용히 삼켰다.

'아빠, 나 잘 살 거니까 걱정 마. 그리고 아프지 마.'

빠진 상품을 진열대에 채우는데 벨 소리가 들렸다. 편의점 출입문 쪽을 힐끗 보니 다음 시간 알바생이 들어서고 있었다. 대학교 1학년인 형에게 몇 가지 전달 사항을 말하고 편의점 조끼를 벗을 때, 형이 할 말이 있는 듯 우재 쪽으로 다가왔다.

"지난번에 너 대신 알바 도와준 형 말이야."

"네."

"친형이야?"

우재는 조끼에 달린 명찰을 떼며 건조하게 대답했다.

"아뇨."

우리가 닮았나? 희철을 보며 닮았다는 생각은 아예 해 본 적조차 없었다.

"아, 그럼 사촌 형?"

"그것도 아닌데. 왜요?"

우재는 별로 관심 없다는 듯 옷매무새를 가다듬는 데 집중
했다.

"아니, 별건 아닌데. 그 형이 청소도 상품 채워 넣는 것도 하
도 꼼꼼히 하길래 편의점에서 알바한 경험이 있느냐고 물었지.
그랬더니 알바 경험이 없는데, 자기가 혹시라도 실수해서 너한
테 피해 주면 절대 안 된다는 거야. 며칠 땜빵 알바를 그렇게 열
심히 하면서 너한테 피해 주면 안 된다고 난리 치길래 친형인
줄 알았지."

우재가 형에게 의례적인 인사를 건네고 편의점을 나설 때
빗방울이 떨어졌다. 겨울이 끝나고 봄이 오려는지 비가 제법
자주 내렸다. 우재는 편의점으로 다시 들어가 일회용 우산을
살까 말까 고민했다. 무표정한 얼굴로 바코드를 찍고 있는 알
바 형을 잠깐 보다가 우재는 우산을 내려놓았다. 엄마가 일을
하지 못하면서 우재의 체크카드는 무용지물이 되었다. 그러잖
아도 늘 돈에 쪼들리던 우재였지만 요즘처럼 어려웠던 적은 없
었다. 우재는 계산대로 다가가 형을 올려다봤다.

"저 돈 좀 빌릴 수 있을까요?"

남에게 싫은 소리를 절대 하지 않으며 살아온 우재였다. 아
무리 배고프고 힘들어도 남에게 손을 내밀지 않았다. 그래서
이런 말을 꺼내기가 쉽지 않았다.

"얼마?"

우재는 버스를 타고 낯선 동네에 발을 들였다. 알바 형한테 빌린 돈으로 치킨 한 마리를 샀다. 희철이 사는 곳은 보윤 샘에게 물어봤다. 희철에게 미리 연락하지 않았지만 희철이 집에 있으리라고 예상했다. 보윤 샘 말도 그랬고 우재가 보기에도 희철은 지나친 집돌이다. 우재와 관련된 일이 생기거나 채움뜰에 볼일이 있지 않는 한 거의 외출을 하지 않았으니까.

그 생각에 닿자 우재는 피식 웃음이 나왔다. 집돌이 이희철을 집 밖으로 나돌게 한 존재. 겨우 두 번 만난 사람이 우재의 친형이라고 오해할 정도로 애쓰게 만든 존재. 이희철 휴대폰 연락처에 저장되어 있는 두 명 중 한 명에 드는 영광을 누린 존재. 그 존재가 바로 자신이라는 사실이 웃프게 느껴졌다.

벨을 누르자 잠시 후 문이 열렸다. 문 앞에 서 있는 우재를 보고 희철은 문을 활짝 열었다. 우재는 집 안으로 들어가 거실에 놓인 상 위에 치킨을 놓았다.

"웬 치킨?"

"치킨 좋아한다길래."

희철은 입을 표 나게 삐죽거렸다.

"그건 또 어떻게 알았대?"

희철이 답답할 정도로 좁아 보이는 부엌에서 포크와 접시를 가져왔다. 우재는 희철 앞에 앉아 비닐봉지에서 상자를 꺼냈다. 치킨의 열기 때문에 비닐봉지 안에는 물기가 가득했다.

"나 먼저 먹는다."

희철은 입에 치킨을 넣고는 솜씨 좋게 뼈만 발라 뱉어 냈다. 어찌나 게걸스럽게 먹는지 배가 별로 고프지 않았던 우재 입에도 침이 고였다.

"내가 입이 짧은데 치킨은 안 그래."

"몇 마리까지 먹어 봤는데요?"

"음, 네 마리?"

"와우!"

치킨을 먹던 손을 내려놓으며 희철이 우재를 째려봤다.

"야, 진심 좀 담아서 반응해라."

희철이 자기를 구박하든 말든 우재는 느릿느릿 가슴살을 입에 넣었다.

"미안하다는 말 하러 온 거 아니에요."

얼추 치킨 한 마리를 다 먹어 갈 때쯤 우재가 말했다.

"그날 했던 말 후회하지도 않아요. 다 사실인데, 뭘."

희철이 포크를 홱 팽개쳤다. 얼굴에 불쾌감이 가득 어렸다. 우재가 보기에 희철은 지금 어떤 감정인지, 무슨 생각인지 얼굴에 다 드러나는 스타일이었다. 한마디로 우재와 많이 달랐다.

"그럼 뭐 하러 왔냐? 한 번 더 염장 지르러 왔냐?"

아이러니하게도 사이코패스 연쇄 살인범의 아들이라는 사실이 전혀 어울리지 않는 사람이 바로 희철이었다. 살인자의 아들에게 사람들이 기대하는 어떤 선득하고 차가운 느낌이 희철의 얼굴에는 부족했다. 외려 우재 얼굴이 그랬으면 그랬지.

"근데 한 가지 말을 빠트렸길래. 그 말 하러."

우재는 희철을 빤히 바라보았다.

"고마워요, 형. 이것저것 도와줘서."

희철이 더디게 눈을 깜빡이더니 들고 있던 뼛조각을 휙 던졌다.

"야, 그 고맙다는 말 하지 말라 그랬지."

"아, 그 아킬레스건?"

"그래, 그거라고."

우재는 야무진 손놀림으로 희철이 던진 뼛조각을 한쪽에 모으고 상 위를 정리했다.

"아, 그리고 하나 더. 난 형이 맘에 들어요."

희철은 콜라를 마시다가 입 밖으로 내뿜었다. 엉망진창이 된 상을 보고 혀를 끌끌 차는 우재와 달리 희철은 태연한 얼굴로 입가의 콜라를 팔로 문질렀다.

"뭔 개뼈다구 같은 소리냐?"

"닭뼈다구 아니고?"

우재가 앙상한 닭뼈 조각을 손에 쥐고 흔들자 희철이 눈에 힘을 줬다.

"이게 진짜."

잔뜩 성이 난 듯 희철은 뼛조각을 우재에게 던져 댔고 우재는 질색을 했다.

"아, 더러워 죽겠네."

우재의 그런 반응이 재밌었는지 희철은 더 짓궂게 굴었다. 우재가 정리해 둔 상을 다시 어지럽히고 바닥에 일부러 휴지를 흘렸다. 그러거나 말거나 우재는 부지런히 손을 놀려 지저분한 곳을 닦고 정리했다.

희철의 집을 나와 우재는 병원으로 갔다. 엄마는 곧 퇴원을 앞두고 있었다. 마음이 어수선한지 엄마는 휴게실 창가에 서서 밖을 바라보고 서 있었다. 엄마도 우재가 아빠를 면회하고 온 사실을 알았다.

"엄마."

"아들 왔니?"

우재가 기억하는 엄마는 여리여리한 몸과 달리 강인한 사람이었다. 아빠가 실종된 후에도 엄마는 눈물 한 방울 흘린 적이 없었다. 우재를 위해 악착같이 돈을 벌고 절약했다.

"이리 와 봐."

우재는 말 잘 듣는 유치원생처럼 엄마의 손짓에 이끌렸다. 엄마는 휴게실 의자에 걸터앉았고 우재는 엄마 바로 옆에 조용히 앉았다. 우재는 엄마의 속마음을 헤아리려 애썼다. 엄마가 곧 아빠 안부를 묻지 않을까 생각했다. 아빠가 어떤 몰골인지 궁금할 수도 있었다. 우재는 엄마가 아빠에 대해 물어보면 뭐라고 대답해야 할지 고민했다. 아빠가 건강해 보인다고 해야 엄마가 덜 걱정할까. 아니면 꼴이 말이 아니라고 해야 아빠를 덜 원망하고 미워할까.

"우재야, 그동안 애썼어. 엄마 이제 다 나았어."

엄마가 활짝 웃자 눈가에 주름이 잡혔다. 우재 마음을 뒤흔들고 아프게 하는 미소였지만 아름다운 미소이기도 했다.

"네 눈에는 어때 보이는지 몰라도 엄마는 괜찮아. 갑자기 실신하면서 몸이 좀 놀라고 다쳤을 뿐이야. 푹 쉬었더니 날아갈 것 같네."

엄마 목소리가 단단했다. 아빠 소식을 듣고 쓰러져 병원으로 실려 왔을 때 엄마 목소리에는 알맹이도 없고 기운도 없었다. 한없이 여리고 슬프게만 들렸다. 이제껏 우재가 알던 엄마 목소리가 아니어서 우재는 가슴이 쿡쿡 쑤셨었다.

"엄마가 네 곁에 있을게."

엄마는 우재에게 아빠 이야기를 꺼내지 않기로 결심한 것 같았다. 아빠에 대해 물어보면 우재한테 또 다른 상처를 줄까 봐 염려스러운 거겠지.

"몸에서 파스 냄새가 진동하고 온몸이 쑤셔도 엄만 한 번도 불행한 적이 없어. 우재 네가 있으니까."

엄마 손이 우재의 손을 부드럽게 잡았다. 우재는 아까까지 엄마가 보던 텅 빈 하늘을 올려다봤다. 엄마가 아빠에 대해 물어보지 않아서 약간 당황했지만 곧 안도감이 밀려왔다. 만약 엄마가 아빠에 대해 물어봤다면 어떻게 이야기해야 할지 궁리하느라 머릿속이 몇 배로 복잡해졌을 거다.

엄마 손이 우재의 손을 따뜻하게 했다. 우재는 눈을 떨궈 메마르고 거칠어진 엄마 손등을 내려다봤다. 갈피를 잡을 수 없었다. 양팔로 엄마를 꼭 껴안고 싶었지만 그럴 수 없었다. 그렇게 하면 엄마 몸이 으스러져서 가루처럼 공기 중에 흩어질 것만 같았다.

"참, 세빈이라는 애 알지?"

갑자기 엄마 입에서 튀어나온 그 단어에 우재는 머릿속이 하얘졌다. 목구멍이 막힌 듯 말이 나오지 않았다. 마른침을 삼키고 나서야 우재는 간신히 말할 수 있었다.

"엄마가 걜 어떻게 알아?"

엄마 얼굴에 인자하고 부드러운 미소가 떠올랐다.

"아까 오후에 왔더라고. 요즘 애답지 않게 음료수를 사 가지고 왔더라. 얼굴도 예쁘고 싹싹하던데?"

해일처럼 밀려드는 감정을 엄마에게 들킬 것만 같아 우재는 엄마 손을 놓고 자리에서 일어났다. 창가로 한 걸음 다가갔다. 어둑한 하늘에 연한 구름이 떠다니고 그 틈새로 외로운 별빛 하나가 보였다.

"앞으로 아프지 마. 알았지?"

우재는 고개를 돌리며 아빠에게 하지 못한 말을 엄마에게 했다. 엄마는 가만히 고개를 끄덕였다. 엄마가 곁에 있어서 정말 다행스러웠다. 동시에 너무도 격렬히 세빈이 보고 싶었다. 그 감정을 표현할 길이 없어 우재는 입을 꾹 다물어야만 했다. 세빈은 지금 우재의 삶에서 가장 소중하고 반짝이는 존재였다. 너무도 소중한 것은 언어로 가둬 둘 수 없다. 그리고 소중한 것이 얼마 없는 사람은 그나마 남아 있는 소중한 것 앞에서 쩔쩔맬 수밖에 없다.

✦희철✦

희철은 오늘따라 일찍 퇴근한 준기와 라면을 끓여 먹었다. 준기가 설거지를 마치고 외투를 입자 그걸 신호로 희철도 주섬주섬 옷을 껴입었다. 패딩을 입고 모자를 썼다. 입춘이 지났지만 아직도 이따금 날이 매서웠다.

매주 목요일은 준기와 자전거를 타는 날이었다. 중고 자전거라 안장이 너덜너덜하고 군데군데 바퀴살이 찌그러졌지만 타는 데는 아무 지장이 없었다. 자전거 길이 나올 때까지 자전거를 끌고 터덜터덜 걸어가면서 준기와 이야기 나누는 시간을 희철은 좋아했다. 가끔은 목요일만 은근히 기다릴 때도 있었다.

"나 다음 주에 나가. 옥탑방 구했어. 월세로."

준기가 자전거를 세웠다. 준기 반응이 어떨지 몰라 희철은 약간 쫄았다.

"야, 미리 의논이라도 하지."

"의논은 무슨. 기생충 생활 그만두는 게 맞지."

"인마, 기생충이 뭐냐?"

"너 할 만큼 했어. 충분히 했다고."

희철이 자전거를 끌고 다시 걸었다. 한숨을 푹푹 내쉬며 준기도 자전거를 다시 끌었다. 보윤 샘이 독립을 도와주고 싶어했지만, 채움뜰은 미성년자인 수용자 자녀를 돕는 곳이라 희철은 도움을 받을 수 없었다. 대신 보윤 샘은 개인적으로 저축해둔 돈을 보증금으로 빌려주었다. 희철에겐 적지 않은 돈이라 한사코 거절해도 샘은 너를 믿는다는 말만 반복했다.

얼마 못 가서 둘은 빨간 신호등에 걸렸다. 신호가 바뀌기를 기다리는 동안 준기가 희철을 돌아다봤다.

"진짜 결심이 선 거야?"

"그렇다니까."

"정말이지?"

"아, 진짜라고!"

희철은 버럭 소리를 질렀다. 그러자 준기는 곰곰이 무언가를 곱씹는 듯 생각에 잠겼다. 잠시 후, 멍하니 신호등을 보던 준기가 주머니를 뒤적였다. 이거 줘도 되겠다고 말하며 준기가 내민 것은 편지봉투였다. 어우, 씨발. 희철의 입에서 욕이 절로 튀어나왔다.

"이사한 뒤로 안 왔잖아. 주소를 어떻게 알아냈는지 왔길래, 왠지 중요한 얘기가 있을 것 같아서 안 버렸어."

희철은 마지못해 손을 내밀었다. 준기 손에 있던 편지가 희철의 손으로 넘어왔다. 희철과 준기의 눈이 마주쳤다. 부딪혀 버려. 그만 도망치고. 준기의 눈동자가 그렇게 말하는 것 같았다. 편지를 쥔 희철의 손에 힘이 절로 들어갔다. 편지를 사정없이 구겨 바지 뒷주머니에 쑤셔 넣었다.

"예전에 네가 귀고리에 대해서 물었잖아. 종교도 없는데 왜 그런 걸 하고 다니느냐고."

신호가 바뀌었다. 횡단보도를 건너는 사람들을 비집고 두 사람은 자전거를 힘껏 밀었다.

"그냥 간지 나서 했다며."

준기가 건조한 목소리로 대답했다.

"간지 작살나긴 하지?"

사람들 말소리와 자동차 소음에 묻히지 않으려고 희철은 목소리를 높였다.

"열라 신기한 얘기 해 줄까? 얘 귀에 차고 딱 일 년 뒤에 너한테서 연락 왔다. 대박이지."

희철은 속엣말을 삼켰다. 애는 나한테 부적이야. 엄마이고 신이고 보호막이야. 그리고 너이기도 했어.

준기한테 차마 하지 못한 말이 가슴속에 쌓였다. 앞으로 준기와 따로 살면 얼마나 많은 말이 그렇게 쌓일까. 다시 준기를 만나면 어떤 이야기부터 꺼내야 할지 몰라 입도 뻥긋하지 못하는 순간이 온다면 어떤 느낌이 들까.

탄생부터 꼬인 인생이다. 탄생의 뿌리가 그런 인간이라는 것은 씻을 수도 지울 수도 없는 사실이니까. 아무리 희석해도 남고야 마는 것. 아무리 박박 지우려고 애써도 사라지지 않는 얼룩이나 흔적 같은 것. 잘못된 뿌리에서 흘러들어 와 뼛속에 박혀 버린 유전자의 장난질 같은 것. 그런 것을 희철은 어렴풋하게 느껴 왔다. 그러면서 자조했다. 시작이 잘못됐으니 과정이 잘못되는 건 당연한 일이라고. 뿌리가 썩었으니 불행의 시궁창 냄새가 사라지지 않는 거라고. 시간이 지나도 옅어질 수 없는 무언가가 자신에게도 남아 있는 거라고.

편지를 넣은 주머니가 묵직하게 느껴졌다. 아빠가 희철에게 보낸 편지는 단순한 편지가 아니었다. 편지는 아빠의 입이었고 귀였고 얼굴이었고 몸이었다. 그래서 편지가 끊임없이 도착한다는 사실을 견딜 수 없었다. 이사하자고 준기를 끈질기게 설득한 이유였다. 희철이 어린아이처럼 계속 졸라 대자 준기는 이사를 감행했다.

희철은 아빠에 관해 그 무엇도 알고 싶지 않았다. 왜 살인을 했는지, 살인을 하면서 무엇을 느꼈는지, 지금 어떻게 살고 있는지, 앞으로 남은 시간을 어떤 생각을 하며 견딜 예정인지 전혀 관심 없었다. 그리고 여전히 두려웠다. 아빠를 악령이 씐 희생자라고 생각하게 될까 봐. 뇌에 생긴 종양으로 공격성이 극대화한 것으로 유명해진 범죄자와 닮은꼴이라고 합리화할까 봐.

이사 갈 때 얼마나 후련했는지 모른다. 더는 편지가 오든 말든 상관하지 않아도 된다는 사실에 쾌재를 불렀는데, 어떻게 이곳으로 편지를 보냈을까.

진짜 이기적인 사람이다. 희철은 아빠가 왜 줄기차게 편지를 보내는지 알았다. 감옥에 들어가기 전에는 관심조차 없던 아들한테 집착하는 진짜 이유. 이제 자기가 조종할 수 있는 사람은 나랑 교도관들뿐이니까. 한심한 이야기를 들어 줄 사람이 나밖에 없다는 걸 기똥차게 아니까. 그 더러운 심보에 침을 확 뱉어 주고 싶었다.

공원 입구에 도착했다. 커다란 은색 쓰레기통이 보였다. 희철은 쓰레기통으로 다가가 주머니에서 편지를 꺼냈다. 편지를 천천히 읽고는 준기를 향해 어색한 미소를 지은 뒤 편지를 천천히 찢었다. 중앙 부분을 찢고 또 찢어 잘게 쪼개진 종이를 쓰레기통에 버렸다. 그러고는 두 손을 가볍게 털어 냈다.

"뭐래?"

"개소리지, 뭐."

준기에게 활짝 웃어 주고 싶었는데 잘됐는지 모르겠다. 한쪽 얼굴이 찌그러진 반쪽짜리 웃음만 지어 보였을 수도 있다. 자꾸 웃지 않다 보면 버릇이 들어 웃는 법을 까먹을지도 모른다. 앞으로 더 자주 웃어야지. 그렇게 다짐하며 희철은 유달리 활기찬 몸짓으로 자전거에 올라탔다.

준기도 자전거 페달에 발을 올렸다. 희철과 준기는 힘차게 페달을 밟았다. 속도가 나자 세찬 바람이 달려들었다. 메슥거리던 속이 가라앉는 듯했고 두통도 사라졌다. 아직 찬기를 머금은 바람에 뺨이 차가워졌지만 기분만큼은 날아갈 듯 가벼웠다.

'난 형이 맘에 들어요.'

우재 목소리가 떠올랐다. 여자한테도 받아 보지 못한 고백을 왜 내가 이깟 녀석한테 받아야 하는지 어안이 벙벙했지만 기분이 나쁘지는 않았다. 쿨하게 "나도 너 처음부터 맘에 들었어."라고 맞받아치지 못한 게 아쉬울 뿐이었다.

어쩌면 그동안 희철은 행복이라는 것을 단단히 오해하고 있었던 것 같다. 행복이란 거창하고 대단한 것이라고 생각했다. 그래서 보잘것없고 하찮은 자신의 삶은 불행하다고 믿었다. 그게 아니라면? 소소하고 일상적인 기쁨들이 행복이라면?

복잡하게 생각하지 말고 단순해지기로 마음먹었다. 아주 단순한 감각에 집중해 순간순간을 때우는 마음으로 살기로 했다. 눈을 크게 뜨고 노력하면 행복까지는 아니어도 기분이 좋아지는 일이 제법 많다는 것을 이제 좀 알 듯했다.

이렇게 준기와 함께 자전거 타는 일. 땀을 흠뻑 흘리며 달리고 나서 샤워하는 일. 라면을 먹고 나서 달달한 초코우유를 마시는 일. 아침 햇살을 두 눈 가득 맞는 일. 뒤척임 없이 잠을 푹 자는 일. 봄의 꽃을 기다리는 일. 추위 속에서 서성이는 길고양이들에게 밥을 챙겨 주는 일. 이런 일들이 쌓일 때마다 희철은 가슴 밑바닥부터 차오르는 작은 기쁨을 느꼈다. 아직은 더 살고 싶었다. 잘 사는 게 어떤 건지 잘 모르겠지만, 잘 살고 싶었고 살아 있다는 느낌을 온전히 즐기고 싶었다. 그 마음은 결코 가짜가 아니었다.

아무리 노력해도 인생에는 땜빵이 생기겠지만 그러거나 말거나 신경 쓰지 말자. 지금껏 어둠뿐인 인생이었지만 그 인생에도 빛이 스며들 수 있다는 것을 믿기로 했다. 희철은 자신에게 닿았던 반짝이는 호의들을 잊지 않기로 했다. 절망의 구렁텅이에서 무기력하게 스스로를 방치한 자신에게 손을 내밀어 준 준기의 마음과, 독립을 선뜻 도와 준 보윤 샘을 비롯한 사람들과, 아빠를 놓아주라고 단호하게 말해 준 여소준 교수의 목소리를 잊지 않기로 했다.

그리고 우재 녀석. 태어나 처음으로 누군가에게 손을 내밀었다. 물론 도움의 손길을 내미는 희철만큼이나 우재도 도움의 손길을 받는 데 미숙했다. 그러나 한 가지 사실만은 분명했다. 우재에게 손을 내밀 때 뿌듯했다는 것. 누군가를 도울 수 있는 힘이 자기 안에 있다는 사실이 믿기지 않았고, 또 대견했다.

우재 말고 또 다른 누군가를 도와줄 수 있을까? 희철은 확신할 수 없었다. 그렇지만 만약 우재가 다시 도움을 요청한다면, 절망에 빠져 허우적거린다면, 자신을 하염없이 미워하고 있다면, 우재에게 달려가 이렇게 말해 줄 것이다.

네 잘못이 아니야.

진짜 잘 버티고 있어. 대단해.

우재에게 그렇게 말해 주는 순간 희철의 마음도 한 뼘 자랄 수 있으려나. 어쨌거나 희철은 이제 더는 자기 몸에서 풍기는 불행의 냄새에 주눅 들고 싶지 않았다. 그러기 위해 할 수 있는 모든 것을 시도하고 몸부림치기로 작정했다.

이제 봄이 다가오려나. 바람 사이로 꽃향기가 나는 듯했다. 천변 건너편에 줄줄이 붙어 있는 호프집에서 닭을 튀기는 고소한 냄새가 풍겼다. 치맥 생각을 하자 몸이 녹아내릴 듯 애간장이 탔다. 헉헉거리며 언덕을 올랐다. 땀이 등줄기를 타고 흘렀지만 페달을 돌리는 발을 멈추지 않았다. 이제 속도를 즐길 차례다.

"으아악!"

준기와 함께 아이처럼 비명을 지르며 단숨에 내달렸다. 다음 언덕을 만나면 또다시 아찔한 속도를 즐길 수 있을 것이다. 아르바이트를 구해 꼬박꼬박 돈을 벌 계획이다. 텅 빈 옥탑방에 차곡차곡 살림살이를 채워 넣으면 집들이를 해야겠다.

다시,
봄

◆우재◆

'딩동' 소리에 우재의 몸이 바로 반응했다. 우재는 얼른 배정 버튼을 누른 다음 배달 물건의 무게, 배달 거리, 시간을 확인했다. 편의점에서 삼각김밥과 콜라를 받아 근처 빌라까지 빠르게 걸었다. 주문지에 물품을 내려놓고 사진을 찍었다. 비대면으로 배달을 마치자마자 또 다음 배정을 받았다. 꽃샘추위가 기승을 부리는 날인데도 땀이 줄줄 흘렀다.

한 건당 수수료 3천 원을 벌 수 있는 데다가 몇 시간 뛰거나 빠르게 걷다 보면 운동이 저절로 되었다. 우재는 무엇보다도 이 일을 하는 동안 아무 생각이 안 나서 좋았다. 가끔 일이 꼬여서 배송 시간을 지키지 못해 배달 수수료를 받지 못하거나, 수수료를 전동 킥보드 대여료로 다 써 버릴 때도 있긴 했다. 최악의 경우는 전동 킥보드를 타다가 가벼운 접촉 사고가 나는 건데, 아주 드문 일이라 그러려니 넘어갔다.

초콜릿과 생리대가 담긴 봉지를 배달할 때 희철에게서 전화가 왔다.

"내일, 안 까먹었지?"

우재는 울컥 올라오는 짜증을 겨우 눌렀다.

"알았다니까요. 확인 전화 그만 좀 해요."

내가 누구처럼 아이큐가 낮지는 않거든요. 이렇게 쏘아붙일까 하다가 참았다. 남에게 말로 상처 주는 법을 아는 것도 피곤하긴 마찬가지다. 상처를 주고 나면 씁쓸한 기분만 남으니까.

"늦으면 안 된다."

우재는 대답도 하지 않고 전화를 끊어 버렸다. 계속 콜이 들어와 바빠 죽겠는데 이미 알고 있는 약속 때문에 흐름을 끊어 놓는 희철을 향해 분노가 콸콸 솟구쳤다. 희철은 우재의 화를 돋우는 데 재주가 있었고, 우재는 희철에게 마음껏 화를 내다가 후회하는 전형적인 패턴에 갇혀 버렸다.

우재는 다음 콜을 받고 마트로 향했다. 대파, 계란, 통마늘. 품목을 꼼꼼히 체크한 뒤 킥보드에 올랐다.

고3을 앞두고 우재는 자퇴를 선택했다. 따가운 시선과 궁시렁대는 말들을 더는 감당하고 싶지 않았다. 보윤 샘에게 슬쩍 물어보니 자기와 처지가 같은 아이들이 생각보다 많았다. 해마다

5만 명이 넘는다고 한다. 죄를 짓고 수감된 부모. 보호의 벽이 무너진 아이들. 엄연히 존재하는 피해자와 유가족들 그리고 뒤로 밀려날 수밖에 없는 수용자 자녀들. 나는 가해자를 가족으로 둔 사람인가, 아니면 또 다른 피해자인가. 우재는 관자놀이로 흘러내리는 땀을 훔치며 머리를 흔들었다. 복잡한 생각을 떨쳐 내려는 듯이.

검정고시 통과는 자신 있었다. 문제는 그다음이었는데 일단 복잡하게 생각하지 않기로 했다. 알바 여러 개를 동시에 뛰면서 하고 싶은 일들을 조금씩 시도했다. 온라인 동영상 사이트에 가입해 영화와 드라마를 잔뜩 보기도 했고, 수능 대비 수학 문제집을 몇 권 사서 문제 푸는 데 집중하기도 했다. 엄마를 위해 블로그로 배운 요리를 시도하기도 했고, 새벽에 일어나 공원을 한 바퀴 산책하기도 했다. 배달 알바는 최근에 새로 시작했는데 나쁘지 않았다. 땀을 흘리고 나면 기분이 꽤 좋았다.

마지막 배달을 마친 뒤 우재는 도서관으로 향했다. 3층에 있는 열람실까지 계단을 오르며 주변을 기웃거렸다. 세빈과 함께 도서관에서 봉사 활동을 했던 여름 방학 때 일이 몇 년 전처럼 아득하게 느껴졌다.

도서관 앞에서 세빈과 우연히 마주친 뒤로 우재는 도서관을 일부러 피해 다녔다. 그래서인지 세빈을 마주친 적은 한 번도 없었다. 비겁하게 도망 다니느라 바쁜 우재를 만나러 세빈은 엄마가 있는 병원까지 찾아왔었다. 그 사실을 알았을 때 우재는 쥐구멍에라도 숨고 싶은 심정이었다.

우재는 열람실로 들어갔다. 공부에 열중해 있는 까만 머리통 수십 개를 하나하나 훑어봤다. 그 애를 금방 찾을 수 있으리라 생각했는데 오산이었다.

이 안에 세빈이 있을 것이다. 딱 한 번 지훈과 연락이 닿았을 때 우재는 지훈에게 세빈의 안부를 물어봤었다. 지훈은 아주 건조한 말투로 세빈의 근황을 알려 줬다. 성적이 좋고 영어 논술 대회에서 상장도 받고 무엇보다 성격이 원만해서 아이들이 다 세빈을 좋아한다고 했다. 학원보다도 도서관 열람실에서 자습하는 날이 많다는 이야기까지 전해 준 뒤 지훈은 다급히 전화를 끊었다.

창가 자리에 앉은 아이의 보드라운 머릿결이 우재의 눈길을 사로잡았다. 조금 열린 창문 틈으로 밀려든 바람이 공기를 타고 흘러가 그 애의 머리카락을 부드럽게 흩날렸다. 그 광경이 우재 눈에는 슬로모션이 걸린 영상처럼 느릿느릿 흐르는 듯 보였다.

우재는 조심스럽게 걸어갔다. 그 애의 옆얼굴이 조금씩 선명하게 인식되었다. 세빈이 맞았다. 심장이 떨렸다. 우재는 자기에게 남은 용기를 모두 짜내 세빈의 자리 바로 앞까지 바짝

다가갔다. 참고서에 어리는 그림자를 느낀 세빈이 무심히 고개를 들었고, 세빈과 우재의 눈이 딱 마주쳤다. 우재를 바라보는 세빈의 눈동자가 크게 흔들렸다.

"방해해서 미안."

우재는 입 모양으로 사과를 전하고는 재빨리 주머니에서 편지를 꺼내 건넸다. 편지를 손에 쥐고 어리둥절한 표정으로 우재를 바라보는 세빈을 향해 우재는 더 활짝 웃어 주고 싶었지만 얼굴 근육이 말을 듣지 않았다.

안녕.

손을 가볍게 흔들고는 서둘러 열람실을 빠져나왔다. 어디로 가야 하나. 오래전에 길을 잃은 사람처럼 주변을 기웃거리는데 예전에 세빈과 함께 올랐던 숲길이 떠올랐다. 그날의 습도와 엄청난 더위까지도. 그날을 생각하자 우재 얼굴에 씁쓸한 미소가 떠올랐다. 우재는 도서관 뒷문으로 나가 숲길을 오르기 시작했다.

세빈이 편지를 읽었을까. 타닥, 발밑에서 나뭇가지 부러지는 소리가 났다. 편지를 읽고 마음이 괜찮아졌을까. 타닥, 하고 다른 나뭇가지가 또 부러졌다. 아니면 원망의 마음이 더 커졌을까. 꾸르르르, 처음 듣는 새소리가 마음을 간질였다.

세빈에게.

정말 미안하다는 말을 하고 싶었어. 정신이 하나도 없고 절망뿐인 상태라 너를 피해 다녔어. 내가 너에게 상처를 줄까 봐, 나 때문에 네가 피해를 볼까 봐 두려웠거든. 그거 말고 다른 생각은 할 수가 없었거든.

나는 신을 믿지 않는 사람인데 말이야. 만약 이 세상에 신이 있다면, 신은 나를 위해 너를 한국으로 보내 주신 게 아닐까 하는 그런 생각이 들어.

네가 행복하기를 빌어. 넌 나 같은 인간은 이미 다 잊었을 수도 있겠지. 그래도 혹시나 하는 마음에 용기를 내 편지를 쓴다. 나와 함께했던 시간은 깨끗이 잊어 줘. 그럼 더 바랄 게 없을 것 같아.

짧은 순간이었지만 세빈과 함께하는 순간들이 좋았다. 우재는 가끔 자기 안에 있는 날카로운 공격성이 사랑하는 사람들을 다치게 할까 걱정했는데 세빈과 있을 때는 달랐다. 우재 내면에 도사리고 있는 공격성이 줄고 우재는 그 어느 때보다 온순해졌다. 그걸로 부족하다는 듯, 더 좋은 사람이 되고 싶다는 마음이 불끈불끈 솟아올랐다. 그건 우재 자신도 이해할 수 없는 신비로운 현상이었다.

타닥타닥, 나뭇가지가 부러지는 소리가 연속으로 들렸다. 누가 빠른 속도로 숲길을 올라오고 있었다. 우재는 발을 멈추고 마치 장작이 타는 듯한 소리에 한껏 귀를 기울였다.

"선배!"

조금 떨어진 곳에 세빈이 나타났다. 내가 여기에 있는 줄 어떻게 알았을까. 무슨 일로 여기까지 날 보러 달려왔을까. 심장 박동이 빨라졌다. 고동 소리가 대책 없이 커지는 것을 느꼈다. 우재가 그러거나 말거나 세빈은 단숨에 우재가 있는 곳까지 올라왔다. 그러더니 손에 쥐고 있던 우재의 편지를 거침없이 내밀었다. 세빈의 손이 편지와 함께 우재의 심장 근처를 둔탁하게 쳤다.

"이 사과 받을 수 없어요, 난."

우재는 얼이 나간 얼굴로 세빈이 내민 편지봉투 끝을 가만히 붙들었다.

"선배와 함께 보낸 시간 잊을 생각이 없으니까."

심장이 어찌나 쿵쾅거리는지 그 소리가 귀까지 울리는 듯했다. 멍청하게 서 있는 우재를 세빈이 다그쳤다.

"나한테 하고 싶은 말, 이게 다예요?"

눈물이 차올라 그렁그렁해진 세빈의 눈이 우재를 뚫어져라 바라봤다.

"진짜 하고 싶었던 말을 해요, 선배!"

편지를 틀어쥔 세빈의 주먹이 우재의 가슴을 쿵 쳤고 그와 동시에 세빈의 눈에서 눈물 한 방울이 툭 떨어졌다. 나뭇잎 사이로 새어 든 한 줄기 빛이 환하게 떨어져 세빈의 창백해진 얼굴을 비추었다. 우재는 세빈의 다갈색 눈동자를 처음 보는 사람처럼 하염없이 응시했다. 네 눈동자를 한 번만 더 볼 수 있으면 좋겠다고 수백 번 생각했는데. 너와 대화 한 번 더 나눌 수 있기를 매일 밤 기도했는데. 우재의 가슴 언저리가 쿡쿡 쑤셨다.

"보고…… 싶었어."

우재 스스로도 믿을 수 없는 말이 입 밖으로 튀어나왔다. 그 말이 끝나기 무섭게 세빈의 얼굴이 빠르게 다가왔다.

쿵. 세빈의 입술과 우재의 입술이 맞닿았다. 우재는 눈을 감았다. 모든 생각과 감정이 일제히 사라지고 입술의 감각만이 남았다. 정신이 아찔한 추락을 거듭했다. 얼마나 시간이 흘렀을까. 세빈의 보드라운 입술이 떨어지고 나서야 우재는 간신히 정신을 차릴 수 있었다.

눈물을 머금은 채 세빈이 환하게 웃었다. 우재는 자기 앞에 서 있는 세빈의 존재감으로 심장이 터질 듯했다.

너를 볼 수 없어서 가슴이 타들어 갔어.

이게 과연 정상일까. 우재 자신이 보기에 세빈을 향한 자기 마음은 정상이 아닌 것 같았다. 상식적으로 감당할 수 있는 감정의 수준과 파고를 훌쩍 뛰어넘고 있었다. 한 번도 가 보지 못한 미지의 길이었고, 예측할 수 있는 일이 하나도 없는 새로운 세계였다. 내가 이렇게까지 진폭이 큰 감정을 감당할 수 있는 사람이라고? 내가 이렇게까지 사랑이 가득한 사람이라고? 우재는 도저히 믿을 수가 없었다.

햇살보다 더 눈부신 미소를 짓고 있는 세빈에게 우재는 손을 내밀었다. 세빈은 잠시도 머뭇거리지 않고 우재의 손에 자기 손을 포갰다.

"사과 받아 주지 않는다는 말, 진심이야?"

우재와 세빈은 다정하게 손을 잡고 숲길을 내려갔다.

"진심이면 어쩌게요?"

"다시 용서를 빌어야지. 네 마음이 풀릴 때까지."

"그게 선배한테 중요한 거라면 용서해 줄게요."

"진짜지?"

우재답지 않은 애교 섞인 말투에 세빈은 배시시 미소 지었다. 그 미소를 보며 우재는 생각했다. 앞으로 세빈을 자주 웃게 하고 싶다고. 차마 하지 못한 말이 가슴속에 쌓이는 게 얼마나 괴로운 일인지 절감했다. 그 말들이 쌓이면 마음에서 악취가 난다는 것도 알아 버렸다. 우재는 앞으로 세빈에게 말하고 싶은 게 생기면 주저 않고 말하는 사람이 되기로 결심했다. 자기와 세빈 사이에 작은 비밀 하나라도 끼어들 수 없게 투명하고 솔직한 사람이 되고 싶었다.

"내일 친한 형 집들이 가는데 같이 갈래?"

"정말요? 좋아요."

세빈이 팔을 가볍게 흔들었다. 그 떨림이 우재의 손으로 전해졌다. 그동안 세빈의 "정말요?"를 얼마나 듣고 싶었는가. 앞으로 오래도록 너의 "정말요?"를 들을 수 있으면 얼마나 좋을까. 우재는 또 터무니없는 소망을 품어 보았다.

새순이 돋으려는지 나뭇가지에 여린 초록빛이 듬성듬성 보였다. 벌써 봄이 오는 건가. 또 한 번의 봄이 시작된다는 사실에 우재는 가슴이 욱신욱신 아플 정도로 마음이 설렜다.

◆희철◆

희철이 새로 구한 아르바이트는 온종일 돈가스를 튀기는 일이었다. 머리부터 발끝까지 기름 냄새에 절어 있는데도 기분이 나쁘지 않았다. 희철은 자기가 튀긴 돈가스가 맛있었다. 준기도 놀러 와서 맛을 보더니 나쁘지 않다고 했다. 어떻게 하면 돈가스를 더 바삭거리게 튀길 수 있을지 희철은 연구하고 고민했다.

한꺼번에 튀겨서 거름망에 산처럼 쌓아 올린 안심가스와 생선가스를 볼 때면 문득 여소준 교수 생각이 났다. 교수라면 이 많은 걸 한꺼번에 먹어 치울 것이다. 더 맛있게 먹을 수 있는 비법을 줄줄이 읊어 주면서 쉬지 않고 맛있게 먹어 주겠지.

아르바이트를 시작한 이유는 돈 때문이었는데, 시작하고 보니 돈 말고도 얻을 수 있는 것이 있었다. 무엇보다 마음에 드는 것은 규칙적으로 자고 일어나는 일상이었다. 희철은 한 번도 규칙적으로 살아 본 적이 없어서 그런 삶에 반감이 있었는데, 막상 해 보니 좋았다. 이런 일이 앞으로 얼마나 많을까 싶었다. 막연한 반감과 편견 때문에 지금까지 놓쳐 버린 일을 하나씩 해 보자고 마음먹으니 에너지가 차올랐다.

새벽 일찌감치 일어났다. 창문을 열어 공기를 환기시키고 옥탑방 밖에 있는 평상을 걸레로 여러 번 닦았다. 아무리 닦아도 계속 시커먼 먼지가 나와 열이 뻗쳤지만 이대로 물러설 수 없었다.

희철은 능숙하게 돈가스를 튀겼다. 케첩과 마요네즈를 섞은 소스에 양배추를 버무렸다. 단골 가게에서 치킨도 세 마리나 주문했다. 준기가 회사 근처에서 맛집으로 소문난 김밥을 포장해 오기로 했다. 이만하면 충분할까? 이렇게 많은 손님을 초대하는 것도, 손님을 위해 음식을 준비하는 일도 처음이라 감이 잡히지 않았다.

어스름이 깔렸다. 희철은 미리 설치해 둔 야외 조명에 불을 밝혔다. 스트링 라이트가 반짝거리자 분위기 좋은 루프탑 식당 같은 느낌이 물씬 풍겼다. 아침부터 분주히 움직인 보람이 있었다.

보윤 샘이 맨 먼저 도착했다. 샘은 피자를 다섯 박스나 사 왔

다. 피자가 남으면 냉동고에 넣어 두고 먹으면 된다는 잔소리
도 잊지 않았다.

"프라이팬에 올려서 약불에 익히면 진짜 바삭하고 맛있어.
지금 먹는 피자보다 더 맛있다니까."

희철은 알았다는 뜻으로 고개를 여러 번 끄덕였다. 남은 피자
로 끼니를 여러 번 때우라고 일부러 피자를 많이 사 온 것이리
라. 그 마음을 알아차리는 자신이 어색했지만 기특하기도 했다.

김밥을 잔뜩 사 온 준기와 함께 우재와 우재 어머니가 모습
을 드러냈다. 우재 어머니는 물론이고 우재까지 두 손 가득 바
리바리 음식을 싸 왔다. 우재 어머니가 넉살 좋은 미소를 띠며
평상에 음식을 차렸다. 코딱지만 한 부엌에서 귀신같이 접시를
찾아내 불고기, 잡채, 새우전, 파김치를 담았다. 고소한 냄새가
솔솔 풍기자 희철은 침이 마구 고였다.

"와, 비주얼 봐."

오랜만에 보는 정갈한 음식에 준기가 탄성을 내질렀다.

"진짜 많다."

희철이 손으로 불고기를 야무지게 집어 먹으며 말했다.

"내가 손이 좀 커. 한때 좀 살았거든."

그 말에 준기가 하하 웃었다

"어머님, 플렉스 좀 쩌네요."

"그런가?"

우재 어머니가 깔깔 웃었고, 그 모습을 바라보는 우재도 환하게 웃었다. 우재의 환한 웃음을 기특해하며 보고 있는데 낯선 얼굴이 불쑥 나타났다.

"실례합니다."

우재 또래로 보이는 여학생이었다. 우재 어머니가 버선발로 나가 그 애를 맞았다.

"세빈이구나. 이렇게 또 봐서 반가워."

"제 이름을 기억해 주시고."

세빈이 뺨을 붉혔다. 세빈이 오자마자 우재는 귀부터 빨개졌다. 녀석, 엄청 좋아하는구나. 희철은 그 모습을 놀리고 싶은 마음이 굴뚝같았지만 우재 어머니가 앞에 있어서 겨우 참았다. 우재는 세빈에게 정중히 다가가 사람들을 소개해 주었다.

"자, 그럼 다 온 거죠? 식기 전에 먹자고요."

우재 어머니의 말을 신호로 모두 음식에 달려들었다. 대부분의 음식이 좋은 평을 받았지만, 사람들의 젓가락은 우재 어머니 음식에 집중적으로 몰렸다. 불고기는 간이 딱 적당했고 잡채는 환상적이었다.

"그분은 오늘 못 오신대?"

희철은 새우전 두 개를 한꺼번에 집어 먹는 준기에게 상체를 기울이며 조용히 물었다.

"오늘 하필 야근이래. 엄청 아쉬워했어."

알아들었다는 뜻으로 희철은 고개를 끄덕거렸다.

"우재 챙겨 주셨다는 이야기 들었어요. 감사해요."

우재 어머니는 보윤 샘의 앞접시에 새우전을 덜어 주며 고개를 수그렸다. 희철은 우재에게 새우전을 갖다주러 간 날이 까마득히 먼 옛날처럼 느껴졌다. 그사이 얼마나 많은 일이 일어났는가. 우재와 희철의 사이는 가까워졌다가 멀어지기를 거듭했지만 결론적으로 지금 그들은 함께 있다.

"참, 희철이라는 이름 어때요?"

틈틈이 세빈을 살뜰히 챙기던 우재가 사람들을 둘러보며 물었다.

"난 좋은데. 왜?"

보윤 샘이 되묻자 우재는 돈가스를 입에 넣으며 대답했다.

"아, 형이 이름 바꾸고 싶어 하는 것 같아서."

준기가 불쑥 끼어들었다.

"얘 취미예요. 이름 바꾸는 거."

"몇 번 바꿨는데?"

보윤 샘이 물었고 희철은 손등으로 콧등을 문질렀다.

"지금까지 두 번요. 앞으로 한 번 더 바꿀 것 같긴 해요."

소스에 버무린 양배추를 젓가락으로 집으며 우재가 말했다.

"난 희철이라는 이름 마음에 들어요. 형이랑 꽤 어울리기도 하고."

"그래?"

희철의 무심한 대꾸에 세빈이 조용히 손을 들었다.

"제가 한마디 해도 될까요?"

"그럼."

우재 어머니가 꿀이 떨어지는 눈빛으로 세빈을 바라보며 세빈의 등을 부드럽게 쓰다듬었다.

"이름은 껍데기 같은 게 아닐까 싶어서요. 이름을 바꾸더라도 정말 중요한 내 본질은 바뀌지 않으니까요."

"오, 요즘 고딩 멋지구나."

준기가 놀려 댔고, 그새를 못 참고 희철이 말을 보탰다.

"김우재 능력자네."

희철이 믿을 수 없는 일이라는 듯 고개를 절레절레 흔들자 준기와 보윤 샘이 푸하하 웃어젖혔다. 우재는 민망함을 숨기려고 남은 돈가스를 마구 입에 집어넣었다.

"돈가스 맛있어요."

우재 말에 희철은 한껏 기분이 좋아졌다.

"그지? 내가 연구한 게 뭐냐면……."

희철은 손짓을 써 가며 자기가 연구한 결과를 우재에게 전하느라 열을 올렸다. 말을 마친 뒤에야 죽 둘러봤더니 보윤 샘과 우재 어머니가, 준기와 세빈이 자분자분 대화를 나누고 있었다. 그 모습이 왠지 감동적이어서 희철은 손바닥으로 가슴을 지그시 눌렀다.

갑자기 여소준 교수 생각이 났다. 만약 이 자리에 교수를 초대했다면 어땠을까. 교수가 이 편안한 분위기에 녹아들었을지, 끝까지 껄끄러워했을지 상상이 가지 않았다. 어쩌면 교수는 오랜 시간 혼자였고 지금도 혼자일지 모른다. 준기를 제외한 다른 사람들과의 접점을 모두 차단한 채 집에만 틀어박혀 살았던 과거의 자신처럼 교수 또한 비밀을 꼭꼭 감추고 공부와 성과에만 집착하며 살아왔을지도 모르겠다. 무표정한 얼굴 뒤로 외로움이나 허전함을 숨긴 채로.

다음 월급을 받으면 여소준 교수를 찾아가 밥을 사야겠다. 교수한테 밥을 몇 끼나 얻어먹었는가. 혹시 교수가 희철에게 메뉴 선택 권한을 준다면 튀긴 음식만 아니라면 다 좋다고 말해야지.

"형, 뭔 생각해요?"

우재가 희철을 빤히 바라보며 물었다.

"아, 내가 말하지 않은 게 하나 있는데."

희철은 우재와 준기에게 여소준 교수 이야기를 털어놓았다.

뇌를 검사한 이야기와 교수가 밥을 사 주면서 해 준 말들까지 차분히 늘어놓았다.

"좋은 분이네."

보윤 샘이 말했고 희철은 배시시 웃었다.

"보기와 달리 진짜 잘 먹거든요. 교수님이 혼자 돈가스를 몇 인분까지 먹을 수 있을지 궁금한데."

"아, 쫌! 오늘 계속 돈가스 이야기만 하는 거 알아요?"

우재가 구박하자 희철은 그러면 안 되느냐고 되받았다. 한 치의 양보도 없이 티격태격하는 둘 사이에 준기가 끼어들었다.

"그래, 너 돈가스 많이 많이 사랑해라."

이렇게 말하면서 준기는 희철의 입에 마지막 남은 돈가스 조각을 집어넣었다. 세빈이 쿡쿡거렸고 보윤 샘은 희철이 목이 막힐까 봐 물을 건넸다. 그때 우재 어머니가 평상 아래에서 아직 풀지 않은 보자기를 들어 올렸다. 우재 어머니는 보자기를 희철 앞에 살며시 내려놓았다. 순간 왁자지껄한 소리가 잦아들었다.

"이게 뭐예요?"

"밑반찬 조금 했지."

희철이 떨리는 손으로 보자기를 풀자 엄청난 양의 밑반찬이 나왔다. 희철이 좋아하는 장조림, 멸치볶음은 물론이고 감자볶음, 진미채까지 다양했다.

"앞으로 우리 집 반찬 하면서 희철이 몫까지 챙길 거니까 밥 거르지 마. 알았지?"

이렇게 엄청난 걸 덥석 받아도 될까. 희철이 우재와 준기를 번갈아 바라보자 둘은 동시에 고개를 끄덕였다.

"잘 먹겠습니다!"

희철은 우렁찬 목소리로 인사한 뒤 자기 손에 들어온 반찬통을 소중히 품었다. 마치 어느 누구도 빼앗을 수 없는 희망이라도 되는 것처럼.

"자, 이런 날 술이 빠지면 섭하지."

준기가 냉장고에서 맥주를 꺼내 죽 돌렸다. 보윤 샘과 우재 어머니가 캬아, 하는 소리를 내며 맛있게 맥주를 마셨다.

"와, 이러기예요?"

우재가 볼멘소리를 하자 준기는 뒤에 숨겼던 포도주스를 내밀었다.

"자네들은 와인이라고 생각하고 마시게."

우재는 세빈의 컵에 포도주스를 따르다가 한숨을 푹푹 내쉬었다.

"아, 민증 있으면 뭐 하냐고."

그런 우재를 세빈은 조용히 달랬다.

"전 원래 와인보다 포도주스 좋아해요."

"너, 와인 많이 마셔 본 것처럼 말한다?"

"선배, 잊었어요? 저 미쿡에서 살다 왔잖아요."

세빈의 '미쿡' 발음에 사람들이 까르르 웃었다. 아유, 귀엽네, 귀여워. 알콩달콩 보기 좋은 커플을 흐뭇한 눈길로 바라보다가 희철은 잠깐 눈을 감았다. 턱 밑까지 차오르는 좋은 감정을 하나하나 만져 보고 싶었다. 더할 나위 없이 완벽하고 행복한 저녁이다. 이렇게 좋은 하루를 어김없이 보내 줘야 한다는 사실이 아쉬웠다.

사람들이 집으로 돌아간 뒤에 희철은 옥탑방에 홀로 남았다. 공연히 밀려오는 외로움을 물리치고 싶어 공원까지 슬렁슬렁 걸었다. 나무와 들꽃 들은 봄을 맞이하느라 분주했다. 잠깐 벤치에 앉아 숨을 고르는데 건너편에 핀 꽃이 눈에 들어왔다. 눈꽃송이를 닮은 꽃잎이 촘촘하게 매달려 신비로운 빛을 발했다. 예전에 엄마와 함께 본 적이 있는 꽃이었다. 바람에 따라 하늘거리는 모습이 금방이라도 스러질 것처럼 연약해 보이다가도 풍성한 꽃송이가 마음을 든든하게 채워 주었다.

"이팝나무는 흰쌀밥이 소복하게 쌓인 것 같아서 이밥나무라고도 부른대."

엄마가 그렇게 말했었다. 그 말을 떠올리며 희철은 그 꽃을 한참 들여다봤다. 엄마가 갓 지어 준 밥을 닮은 하얀 꽃송이를 보며 풍성한 생명력을 닮고 싶다고 생각했었지.

행복해도 될까. 나한테 그럴 자격이 있을까.

아빠가 저지른 죄와 그로 인해 지금껏 고통의 시간을 살고 있는 사람들을 잊은 적이 없다. 어떻게 해도 그들의 슬픔이 사라질 수 없다는 사실도 잘 안다. 보윤 샘 친구가 피해자 가족을 위한 단체에서 일한다는 이야기를 설핏 들었을 때 희철은 생각했다. 그들이 자신을 증오하지 않는다면 뭐라도 하고 싶다. 아주 작고 사소한 일이라도 좋으니 그들에게 힘이 되고 싶다.

희철은 봄바람에 흔들리는 이팝나무를 가만히 올려다봤다. 이제 팔딱팔딱 살아 있는 생명이면 안 될까. 조금은 행복해져도 되지 않을까. 좋은 사람들과 함께 제대로 살아 보고 싶어졌다. 그 마음을 얻기까지 어떤 과정을 거쳤는지 잘 알기에 가슴이 조금씩 벅차올랐다. 어느새 봄이 성큼 다가와 있었다.

"부모는 부모일 뿐이고, 우린 우리 인생이 있는 거야."

이제 조금은 행복해져도 되지 않을까.

나로 살아갈 자유가 정말 있느냐고
묻는 당신에게

수미(에세이스트)

"정말 나로 살아갈 자유가 있나요?"

묵직하고도 간절한 질문에 입술을 달싹이다가 다시 입을 다물었다. '살인자의 아들'이라는 말은 공포탄처럼 뿌옇게 시야를 흐리게 만들었다. 당신의 삶을 그대로 보기 어려웠다. 자욱한 연기가 사라질 때까지 기다려야 했다. 그동안 나의 아버지를 생각했다.

　무뚝뚝하든 다정하든, 제소자든, 알콜 중독자든. 누구나에게 생물학적 아버지가 있다. 열다섯의 나는 아버지가 친구에게 잘못 선 보증 때문에 이사를 가야만 했다. 태어나서 쭉 자란 작은 동네를 떠나던 날. 도망치듯 트럭에 짐을 우겨 싣던 아버지의 모습이 기억난다. 옷가지와 가방, 가재도구가 그날따라 허름해 보였다. 트럭 보조석에 올라타서야 친구들에게 이사 간다는 말도 못 전했음을 깨달았다. 덜컹거리는 차에 앉아서 창문 밖을 쳐다봤다. 앞으로 내 삶이 어디로 향하게 될지 모른다는 사실이 참 막막했다. 마치 어딘가에 휘말린 기분이 들었다. 가족이라는 이유로 어쩔 수 없는 운명 공동체가 된다는 것을 어렴풋이 깨달은 날이기도 했다.

이후 아버지는 오랫동안 술독에 빠져 살았다. 취한 아버지는 폭언을 일삼았다. 술냄새가 나는 아버지를 마주할 때마다 곧 터질 시한폭탄을 앞에 둔 것처럼 가슴이 조마조마하고 긴장했다. 나는 '아버지를 닮았다'는 말을 듣고 싶지 않아서, 아버지의 영향을 적게 받기 위해서 노력하며 살았다. 아버지와 적당한 거리를 유지할 수 있게 된 건 20대 중반, 결혼한 이후다. 내가 또래보다 이르게 결혼을 선택한 건, 원가족에게서 빨리 탈출하고 싶었던 마음이 작용한 것인지도 모른다.

1인 가구의 비중이 높아지고 새로운 가족의 형태가 늘어나고 있지만, 한국은 여전히 가족주의가 강한 나라다. '가화만사

성' '자식은 부모의 거울'이라는 말에서 느낄 수 있듯이 가족이라는 공동체가 개인의 기반임을 강조한다. 가족은 개인을 지켜주는 최소한의 울타리가 될 수도 있지만, 누군가에게는 벗어나고 싶은 굴레가 되기도 한다.

『살인자의 아들입니다』에는 아버지의 그늘을 벗어나기 위해 발버둥 치듯 살아가는 사람들이 나온다. 주인공 희철은 연쇄 살인을 저지른 아버지를 뒀다. 그는 악마성이 유전되지 않는다는 것을 밝히기 위해 뇌 임상 시험에 선뜻 지원한다. 자신이 악마가 아니라는 불가능한 증명을 위해서다. 희철은 사람들을 고통에 빠뜨린 아버지가 수감된 채로 버젓이 살아 있다는 것에 불공평함을 느끼지만 아버지의 죄를 씻기 위해 그가 할 수 있는 건 없다. 그는 수시로 피해자의 가족들에게 협박과 구타를 당한다.

우리나라 헌법 제13조 3항은 연좌제를 금지하고 있다. 범죄를 공모하지 않은 가족들한테 책임을 물을 수 없다는 뜻이다. 하지만 사적 복수와 2차 가해는 실제 수용자의 가족에게 수시로 이어지는 일이다. 물리적 폭력뿐만 아니라 차가운 시선과 사회적 차별은 어린 나이일수록 고통스럽다. 양육자의 돌봄이 필요한 나이에 제대로 보살핌 받지 못하고 위험에 노출될 확률도 높다. 그래서 수용자 자녀*는 '제2의 피해자', 혹은 '숨겨진 피해자'라고 일컬어진다.

　"계속 집에만 숨어 있다 보면 깨닫게 되거든. 여기가 세상 끝이라는 사실을." (본문 101쪽)

　희철은 또 다른 수용자의 아들인 우재에게 손을 내민다. 우재는 살인자가 된 아버지로 인해 일상이 망가진다. 주변의 냉대와 편견이 옭아매는 삶은 우재를 더욱 열악한 환경으로 이끈다. 그러나 친구 준기가 희철이 생활을 방치하지 않도록 무던하게 곁을 지켰듯이, 희철은 우재를 보살핀다.

　그들 곁에 수용자 자녀 지원 단체인 '채움뜰'이 있다. 나는 같은 역할을 수행하는 단체가 실제로 존재한다는 것을 알아 갔다. 2015년 설립되어 수용자 자녀와 가족에게 다양한 지원을 주는 아동복지 전문단체 '세움'이다. '세움'에서는 수용자 자녀들에 대한 상담, 생계 비용 지원을 포함해 사회적 인식 개선을 위한 캠페인도 활발히 펼치고 있었다. 공공 기관이 아닌 민간 기관으로서의 한계도 물론 있지만, 단체의 존재를 보면서 작은

● 구치소나 교도소에 수감된 이들의 미성년 자녀를 칭한다. 2024년 법무부 현황조사에 따르면, 전체 5만 8981명의 수용자 중 8267명(7.1%)이 미성년 자녀가 있다.

안도감을 느꼈다.

유엔 아동권리협약은 정확하게 명시한다.

제24조: 모든 아동은 건강하게 자랄 권리가 있습니다. 정부
는 아동의 건강을 위해 적절한 보건 서비스를 제공해야 합니다.
제27조: 모든 아동은 신체적·지적·정신적·도덕적 및 사회
적 발달에 적합한 생활수준을 누릴 권리가 있습니다.

나는 '모든'이라는 말에 눈길이 갔다. 우리의 인식 속에서
'모든'은 정말 모든 아동을 포함하고 있는 걸까. 어떤 이의 자식
이든, 어디에서 태어났든, 누구나에게 인간답게 살 수 있는 권
리가 있다는 당연한 말 앞에서 움츠러들거나 생략된 사람은 없
느냐고『살인자의 아들입니다』는 질문한다.

우리 동네, 우리나라, 우리들.

쉽게 '우리'라고 통칭하지만 '우리'는 때때로 배타적이다.
'우리'라는 말은 타인과 나를 묶어 주는 부드러운 말처럼 보이
지만, '우리'에 누구를 생략하고 배제하고 있는지 관심을 기울
이지 않으면 모른다는 맹점이 있다.

과연 수용자의 자녀도 '우리' 안에 포함되어 있는가. 왜 내

이웃에는 수용자를 양육자로 둔 아이가 보이지 않았을까. 마침내 보이지 않아서 없는 게 아니라 숨은 것이라는 서글픈 깨달음이 찾아왔다. 그건 아주 조용한 차별이자 배제였다. 나는 『살인자의 아들입니다』를 읽으면서 비로소 상상할 수 있었다. 한 번도 본 적 없는 이웃이었지만 분명히 존재하는 내 이웃의 이야기를, 마침내 곁의 이야기라고 실감할 수 있었다.

누구나 나로 살아가는 일이 투쟁이 된 시대다. 자신의 고통이 가장 크게 느껴질 땐 타인의 삶을 상상할 여유가 없다. 게다가 나와 다르고 해가 된다고 판단되면 자기 보호 기제가 발동해 쉽게 혐오하게 된다. 자연스럽게 내재화된 사회적 관습은 혐오를 정당화한다. 하지만 이는 혐오를 방조하는 이유가 될 수 없을뿐더러 진정으로 나를 보호하고 세상을 안전하게 만드는 방법도 아니다.

수용자의 자녀들은 다수가 경제적 위기를 겪으며[•] 정서적으로도 몹시 취약하다.[••] 죄책감과 위축감이 낳은 우울과 비관은 세상의 끝인 고립을 쉽게 선택하게 만든다. 이는 사회의 불

[•] 수용자 자녀 지원 기관 '세움' 2021년 사업보고서. 수용자 자녀 67%가 '경제 지원'을 가장 필요한 항목으로 꼽았다.

안을 야기하는 일이기도 하다. 그러니 우리가 가진 두려움은 '모두의 삶'을 보호하기 위한 정책과 방법을 고민하지 않는 사회로 향해야 한다.

"부모는 부모일 뿐이고 우린 우리 인생이 있는 거야." (본문 85쪽)

희철에게 준기가 해 준 말은 나에게도 필요한 말이었다. 아버지와 내가 부녀라는 관계는 진실이다. 그리고 또 하나의 진실이 있다. 그와 나는 다른 사람이라는 것이다.

희철은 노력한다. 살아갈 희망 하나를 갈망하면서 자신과 비슷한 처지인 우재를 돕는다. 누군가를 돕는 힘이 자신 안에 있다는 것을 대견해한다. '네 잘못이 아니야. 진짜 잘 버티고 있어, 대단해.' 자신에게 하고 싶었던 말을 타인에게 돌려주는 상상을 한다. 나는 희철과 우재를 통해 희망은 그냥 주어지는 것이 아니라 발견하려고 애쓰는 사람의 것임을 깨닫는다. 그들

●● 국가인권위원위 2017년 실태조사. '매사에 의욕이 없고 기가 죽어 있다'고 응답한 수용자 자녀는 35.6%, '불면증이나 우울 증상이 있다'고 답한 자녀는 27.1%에 달했다.

의 공통분모는 희망을 발견하기 위해 노력한다는 것. 그리고 스산한 삶에서 온기가 절실하다는 것이다.

소설 『살인자의 아들입니다』는 묻는다. '우리'라는 원은 어디까지 넓어질 수 있는 거냐고. 나는 이제야 '원' 안의 당신이 보인다고 부끄럽게 고백한다. 그리고 나에게도, 당신에게도 말해 주고 싶다.

어디에 있든, 누구의 자식이든
'나'로 살아갈 수 있어요. 그건 우리의 권리예요.
우리에겐 당연히, 그냥 살아가고 사랑할 자유가 있어요.

| 작가의 말 |

다큐멘터리 〈세상 끝의 집〉을 본 경험이 『사랑에 빠질 때 나누는 말들』의 현수 캐릭터로 이어졌다. 소년 교도소에 대한 관심은 첫 소설집 『민트문』의 단편 「동욱」으로 향했다. 그러다 우연히 『아들이 사람을 죽였습니다』라는 책을 만났다. 교도소에 가족을 보내고 남겨진 가해자 가족을 이야기하는 책을 통해 수용자 자녀를 위해 일하는 '아동복지실천회 세움'을 알게 되었다. 수용자 자녀에 대한 마음이 오래도록 남아 두 번째 소설집 『오르트 구름 너머』의 「엄마는 그곳에」를 썼다.

피해자와 피해자 가족이 피눈물을 흘리는 상황에서 가해자 가족이 목소리를 내는 일은 쉽지 않다. 슬프고 힘겹지만 그렇다고 말할 수 없는, 애초에 말할 수 있는 권리조차 누릴 수 없는, 목소리를 잃어버린 사람들에게 자꾸만 마음이 갔다.

소설 속 주인공 중 한 명인 희철의 이름은 원래 현철이었다. 2016년 특이한 호르몬에 관한 장편소설을 썼는데 여러 주인공 중 한 명이 희철이었다. 8년이라는 시간 동안 현철은 희철이 되었고 나이는 물론이고 성격까지 달라졌다. 가슴으로 오랫동안 품어 온 인물을 드디어 세상에 내놓으려 하니 감회가 새롭다. 미안하기도 하고 고맙기도 하고 설레기도 하다.

초고부터 개작을 거듭한 이번 소설까지 희철은 언제나 절망을 거듭하는 인물이었다. 그런 희철 곁에 있어 준 준기와 따뜻한 손을 내밀어 준 보윤 샘에게 고맙다는 말을 하고 싶다.

자료 조사가 필요해 '아동복지실천회 세움'에 전화를 걸었다. 여러 질문에 친절히 대답해 준 관계자분께 감사 인사를 드린다. 더불어 수정 원고를 오래도록 기다려 준 대표님과 이 책이 나오기까지 고생해 주신 모든 분들에게 감사의 인사를 전한다.

그리고 소설을 끝까지 읽어 준 독자분들께 두 손 모아 사랑의 인사를 전한다.

탁 경 은

살인자의 아들입니다

1판 1쇄 발행 2024년 10월 25일

지은이   탁경은

편집   이혜재
디자인   이음
제작   세걸음

펴낸이   이혜재
펴낸곳   책폴
출판등록 제2021-000034호
전화   031-947-9390
팩스   0303-3447-9390
전자우편 jumping_books@naver.com

© 탁경은, 2024

ISBN 979-11-93162-33-0 (43810)

너와 나, 작고 큰 꿈을 안고 책으로 폴짝 빠져드는 순간
책폴

블로그   blog.naver.com/jumping_books
인스타그램   @jumping_books

이 도서는 2024 경기도 우수출판물 제작지원 사업 선정작입니다.

채륜